T0273352

LOS PÁJAROS QUE HABITAN MI CORAZÓN Y OTROS CUENTOS

SUE ZURITA

LOS PÁJAROS QUE HABITAN MI CORAZÓN Y OTROS CUENTOS

Grijalbo

El papel utilizado para la impresión de este libro ha sido fabricado a partir de madera
procedente de bosques y plantaciones gestionadas con los más altos estándares ambientales,
garantizando una explotación de los recursos sostenible con el medio ambiente y beneficiosa para las personas.

Los pájaros que habitan mi corazón y otros cuentos

Primera edición: abril, 2024

ISBN: 978-607-384-382-9

Impreso en México – *Printed in Mexico*

A mis viajeros

Otoño de 2023

Queridos viajeros:

Quiero agradecerles a todos los que me han acompañado desde que inició este viaje y a los que se han ido sumando en este camino.

Cuando era pequeña tenía una gran imaginación, como cualquier niño, y, en las letras, encontré un refugio, un mundo donde todo me parecía posible, ahí nació el sueño de ser escritora. A los ocho años escribí mis primeros poemas y cuentos, a los quince escribí mis primeras dos novelas, pero, como si hubiese sido un encantamiento, con el final de la adolescencia también se terminó ese sueño que había anhelado.

La vida me llevó por otros caminos donde ser escritora parecía algo lejano. Trabajé diez años en un restaurante, en el cual empecé como mesera y llegué a ser gerente. Durante ese tiempo seguía escribiendo, en secreto, sólo para mí, sin ninguna intención de publicar. La vida pasaba como se supone que tenía que pasar: trabajo estable, crecimiento profesional…, pero algo le faltaba a mi corazón, que seguía exigiéndome leer y escribir, como cuando era niña. Fue en el 2013 que renuncié a mi empleo y me mudé a Monterrey, Nuevo León, y por fin terminé la novela que llevaba años empolvada en mi escritorio: *El viaje de los colibríes*. Publicar mi primer libro de manera independiente implicó algunos desafíos, desde juntar el dinero para hacerlo hasta aprender de cero el negocio editorial, del cual no tenía ni idea. Sin embargo, superados estos retos, *El viaje de los colibríes* me permitió conectar con miles de lectores y crear esta comunidad que ha abrazado con tanto cariño mis historias y que me ha alentado a seguir escribiendo; así nació esta colección de cuentos y relatos.

Mis libros, que comenzaron en edición independiente, ahora forman parte de la editorial Penguin Random House, lo cual es un sueño hecho realidad. Deseo que disfruten tanto como yo esta nueva edición de *Los pájaros que habitan mi corazón*. Aquí encontrarán una selección de relatos, cuentos y poemas que he escrito en la última década, algunos de los cuales formaron parte del libro *Buenas noches, desolación* y de otras antologías en las que participé; asimismo, otros son textos inéditos.

Éste es hasta ahora mi libro más catártico. Muchas de estas historias están inspiradas en algunos momentos de mi vida y representan para mí cerrar un ciclo, aceptar que la vida tiene momentos desolados, pero también que, mientras haya vida, hay esperanza y amor.

Con cariño,
SUE ZURITA

Viajeros sin rumbo,
nos vemos allá
donde nacen las flores;
haremos una fiesta,
nos volveremos tornasoles.

TE PROMETO QUE,

AUNQUE HOY NO LO CREAS POSIBLE,

AL CABO DE UN TIEMPO ENCUENTRAS LAS RESPUESTAS

A TANTOS PORQUÉS.

Buenas noches, desolación

1

El día que Ismael se fue dejó una herida profunda; llegué a creer que jamás sanaría. Mi mundo se derrumbaba ante mis ojos, trataba de esquivar los escombros para que no me cayeran encima, pero fue inevitable: algo me aplastó con fuerza el pecho y me dificultó la respiración. En medio de ese ataque de ansiedad me tumbé en el suelo detrás de la puerta con la esperanza de que él regresara; así pasaron veinticuatro horas, pero él no volvió. Aunque estaba consciente de que no debía permanecer tirada en el suelo, por un momento —lo confieso— deseé quedarme ahí dormida y no despertar, pero el fin de semana había acabado, la casa estaba sucia, no había comida en el refrigerador y era momento de volver a la oficina.

No me maquillé, sólo me recogí el cabello en una coleta, tenía los ojos hinchados y me veía muy demacrada, lo cual no me importaba. Como no tenía ropa limpia, saqué del cesto de la ropa sucia un traje gris, me cercioré de que no oliera mal, le rocíe un poco de perfume y lo planché. No necesitaba ver mi rostro en el espejo para saber lo mal que lucía. Aun ahora que me da risa, a veces me resulta penoso admitir que el estrago que su abandono causó en mi vida fue tal que llegué al grado de abandonarme a mí misma. ¿Qué clase de persona se quiere tan poco como para poner toda su dicha en manos de otra?

Conocí a Ismael en una cafetería en Coyoacán. Por aquel entonces los dos teníamos veintidós años, él estudiaba idiomas y yo administración. En la cafetería, me acerqué al mostrador buscando a la encargada, el lugar parecía vacío y yo al principio no noté la presencia de él, que estaba sentado en una esquina:

—Fue a buscar algo, ahorita regresa —me informó mientras se ajustaba los anteojos.

—Gracias —respondí con indiferencia y tomé lugar en una de las mesas.

Cuando la encargada regresó, Ismael se levantó de su asiento y se dirigió hacia ella, pagó un café y se ofreció a pagar otro para mí. La chica preparó los cafés e Ismael los recibió, luego fue hasta mí con un vaso en cada mano y me preguntó:

—¿Puedo sentarme contigo?

Desde ese día nos hicimos amigos. En ese entonces era un chico torpe, siempre despeinado y de sonrisa tímida. Sus padres tenían una fábrica de calcetines cerca de CU.

A mi madre le agradó desde que lo conoció.

Cinco meses después, durante la euforia del partido Chivas contra Toluca, donde el primero se coronó campeón, me pidió ser su novia:

—¡Ganamos, amor! —gritó y después me plantó un beso en los labios—. Irene, estoy enamorado de ti. ¿Quieres ser mi novia?

—¡Sí! —respondí igualmente extasiada.

Nos graduamos ese mismo año y decidimos vivir juntos. Rentamos un bonito departamento en el centro de Coyoacán, tenía un balcón en el que coloqué macetas con helechos y flores. En la sala colgamos un corcho donde colocamos postales de lugares que soñábamos visitar: Oaxaca, Veracruz, Chiapas, Guatemala, Argentina. Jamás fuimos a ninguno.

Al cumplir veinticinco años comencé a preguntarme si ya era el momento de tener hijos; Ismael, por su parte, evitaba el tema, siempre decía: "Más adelante, aún no estamos listos".

Por esas mismas fechas falleció su padre. Para demostrarle mi apoyo renuncié a mi trabajo y me hice cargo de la fábrica, no me importaba perder más de cuatro horas diarias en el tráfico para ir y venir. Ismael seguía de profesor en un centro cultural ubicado a unas cuantas calles de distancia de nuestro departamento.

El teléfono no dejaba de sonar. Intentaba concentrarme en el trabajo, pero me resultaba imposible, a mi mente llegaban pensamientos absurdos, recuerdos de mi relación con él, preguntas sin respuestas. Cada hora le enviaba un mensaje de texto rogándole vernos en la cafetería de siempre, le dije que esa noche estaría ahí a las veinte horas, pero Ismael no respondió. Durante mi receso en el trabajo no probé bocado, me fumé tres cigarrillos, le llamé por teléfono doce veces y todas me envío directamente al buzón. Lloré en el baño, me sequé las lágrimas, me lavé la cara y volví a llorar. Al terminar el turno laboral ya no tenía más uñas que morder, inclusive llegué a sangrar un poco de las comisuras de los labios.

Para mi buena fortuna nunca fraternicé con las personas del trabajo, por eso es que nadie se atrevió a preguntar qué me pasaba, aunque más de uno me miró intrigado y seguramente murmuraron a mis espaldas.

En la cafetería, el reloj avanzó rápido y de pronto ya eran las diez de la noche. Llevaba un par de horas esperando a Ismael, pues, aunque no me había confirmado la cita, no perdía la esperanza de que en el último momento decidiera acudir. "Irene, ya vamos a cerrar", me dijo Nancy, la mesera, y recogió la taza de capuchino de la que no había bebido ni un sorbo. Pagué la cuenta y salí de la cafetería.

En la calle comenzaba a sentirse el frío, las parejas abrazadas pasaban a mi lado, llena de rabia aventé el móvil a un bote de basura y grité: "¡Te odio, Ismael!". Por supuesto, las personas voltearon a verme y yo, al tiempo que hacía un gesto obsceno con las dos manos, las confronté: "¿Qué me ven?".

Al llegar a casa me quité toda la ropa y me metí a la ducha, mis lágrimas se confundían con el chorro de agua fría que me caía encima, de pronto perdí la fuerza para sostenerme y me desmoroné. Una hora después salí de ahí, me envolví en la toalla, el pelo mojado y enredado me caía en la espalda. Arriba del refrigerador había una botella de whisky casi nueva, fui por ella y en un vaso coloqué un par de cubos de hielo y me serví un trago, después otro, otro más y así me llegó la mañana, hasta que me quedé dormida en el sofá de la sala. Cuando desperté ya era mediodía: "¡Diablos!", exclamé.

Me reporté enferma, le pedí a Micaela, la subgerente de la fábrica, que se encargara de todos los asuntos. Por la resaca pasé casi todo el día durmiendo, pero en la tarde los retortijones en el estómago me despertaron: tenía hambre. Fui al restaurante de enfrente y pedí una sopa de verduras. No quería volver a casa, por lo que decidí caminar en el parque, me sentía tan fuera de mí como un ente que vaga y nadie lo percibe, que a nadie le importa y que nadie lo extraña.

En ocasiones, el cansancio emocional es tan intenso que te sacude el cuerpo y penetra hasta los huesos. Esa noche no solté ni una lágrima más. ¿Me estaba resignando? Quizá. Me quedé dormida profundamente, con un oso de peluche entre los brazos.

La alarma sonó a las seis de la mañana y sin chistar me desperté. En ese momento me di cuenta de que mi ropa, mi habitación y el departamento entero seguían siendo un desastre, entonces llamé de nuevo a la oficina: "Ya me siento un poco mejor, pero… voy a tomarme el día libre, encárgate de todos los pendientes, Micaela".

Se puede decir que mi vida era ordinaria. Desde que conocí a Ismael, él se volvió mi mundo. Era hija única, no tenía amigos cercanos y mi madre vivía en otra ciudad. Me dedicaba cien por ciento a la fábrica. En algún momento llegué a pensar que por eso me había dejado, porque se había aburrido de la rutina.

Ya que tenía un día extra libre, me dispuse a limpiar aquel caos. Me harté de estar triste y de tener mi mundo de cabeza. Puse música de Bon Jovi, limpié la casa, lavé la ropa, tendí mi cama y tiré todo lo que sentí que ya no me hacía falta, todo lo que me sobraba: todas las fotos, toda su ropa, hasta su guitarra acústica (la que nunca aprendió a tocar).

Por la tarde fui de compras. Llené el carrito de cosas que me gusta comer y que en muchas ocasiones no compraba porque a Ismael no le gustaban. Me sorprendió que la mayoría de las cosas fueran saludables. Mientras caminaba por el pasillo de cereales para buscar la granola, vi los estúpidos Corn Pops, ¡nunca me gustaron!, pero yo era esa clase de novia tonta que adopta las costumbres y gustos de su pareja. Imitar para agradar; no sé cómo pude vivir así tantos años.

2

Los siguientes días fueron extraños. Una especie de montaña rusa en la que bajaba y subía sin poder controlarlo. A veces estaba bien, me levantaba temprano, desayunaba antes de ir al trabajo, incluso me pintaba de rojo los labios y fingía que no pensaba en él. Pero otros días despertaba con los ojos hinchados, pues la noche se me había ido en un largo insomnio de lágrimas escurriendo por mi rostro, de suspiros y sollozos que contenían pena, añoranza, tristeza, incluso agonía, reprochándome qué había hecho mal. En esos momentos lo aborrecía, ¡tantas ilusiones incumplidas!, ilusa creí que había suficiente amor entre nosotros. ¿Cuándo fue que se acabó? No me di cuenta. ¿Por qué nos alejamos? Nos convertimos en desconocidos viviendo bajo el mismo techo, habitando mundos separados. Me parecía que había sido ayer cuando estuvimos tan enamorados. En cada amanecer, mientras el sol se colaba por la ventana, me preguntaba: *¿alguna vez te acuerdas de mí, Ismael?*

Ismael conoció a Vicky en un bar. Ella estudiaba teatro en las mañanas y trabajaba como *bartender* en las noches, por supuesto era muy bonita y diez años menor que nosotros, que ya teníamos treinta y dos.

Yo sabía que no tenía caso buscarlo, era consciente de ello, no obstante, en una ocasión que a mi cuerpo lo recorrió la urgencia de saber de él, sin importarme que era medianoche, en pantuflas y con sólo un abrigo de estambre sobre la piyama, salí del departamento, decidida a encontrarme con él en ese preciso instante. No me fijé al cruzar la calle y casi me atropella un carro.

—¡Estúpida! —vociferó el conductor.

—Lo soy —respondí, mientras las lágrimas se escapaban de mis ojos. Di media vuelta y regresé al departamento, me acurruqué en el sofá, dejando que el llanto saliera de mí esta vez sin reprimirlo. Podía imaginarme lo patética que era esa escena y eso me provocaba un coraje inmenso contra mí. Estaba absorta en mis pensamientos cuando el timbre de la puerta sonó. Me sequé las lágrimas con las mangas de mi abrigo, me asomé por la mirilla y ahí estaba Ismael. Sonreí como una tonta y de nuevo las lágrimas se escurrieron lentamente.

Una vez adentro del departamento, le ofrecí algo de tomar.

—No, gracias —respondió—. ¿Cómo estás? —agregó mirándome como si en verdad yo le importara.

Me senté junto a él.

—Estoy mucho mejor de lo que me veo hoy, no te dejes llevar por las apariencias —él me tomó de las manos.

—Lo lamento tanto, no quería hacerte daño. Todo va a estar bien. Tú vas a estar bien. Discúlpame si te defraudé, Irene. Nunca fue mi intención romperte el corazón, pero siento que si me quedo voy a hacerte más daño. Eres la persona más buena que me ha mandado Dios y tal vez me arrepienta toda la vida de esto, pero no puedo seguir aquí. Por diez años tuve la certeza de que tú eras el amor de mi vida. Pero no sé qué pasó. Juro que le rogué a mi corazón que no dejara de amarte… ¡Y es que te quiero! ¡Claro que te quiero, Irene! Pero no de la manera que tú mereces… mereces a alguien que corresponda todo lo que tú das… Ojalá me puedas perdonar.

Me tapé la boca para contener el sollozo, pero los gemidos ahogados con suspiros fueron inevitables. Entonces me abrazó y pude percibir el aroma de su fragancia, que siempre me recordaba el mar. ¡Lo extrañaba tanto! Quería que volviera. Mis oídos se rehusaron a asimilar lo que él acababa de decir. Al tenerlo tan cerca de mí, sin saber si otra vez eso iba a suceder, me acerqué tímidamente y me atreví a darle un beso. Aquel beso fue suave, mojado, salado y temeroso. Él me correspondió, me secó las lágrimas con sus manos y susurró:

—Eres muy bonita.

Volvió a besarme, esta vez apasionadamente. Me dejé guiar por él. Del sofá pasamos a la cama en cuestión de segundos y ahí hicimos el amor. Inmediatamente al terminar, de un salto salió de la cama para vestirse. No tuve tiempo de decir nada.

—Me tengo que ir, quedé de recoger a Vicky en el bar —me dio un beso en la frente y se fue.

Yo no salía de mi asombro, no hice ni un gesto, ni un ruido, ni siquiera lloré, me quedé inerte mirando el techo. ¡No quería pensar!

A la mañana siguiente estaba confundida, lo lógico era odiarlo, pero no podía.

Me empezó a rondar la idea en la cabeza de que tal vez podría recuperar lo que creía nuestro. "Él sólo necesita tiempo", me dije.

Le llamé por teléfono mientras colocaba en la estufa la tetera.

—Hola…

—Ahorita no puedo hablar, Irene.

—¿Estás con ella? —le pregunté, aunque ya sabía la respuesta.

—Irene, discúlpame —colgó.

Apagué la estufa; se me fue el apetito. Me senté en el sofá de la sala, una angustia se apoderaba de mí. Me regañé: "Con llorar no solucionas nada". No podía rendirme así de fácil. *El amor se tiene que pelear. Él aún me quiere, anoche me lo demostró*, me aferré a ese pensamiento. *Él me ama. Nadie deja de amar de la noche a la mañana.*

A partir de ese día, todas las noches le marcaba por teléfono (yo sabía a qué hora no estaba con Vicky). A veces aceptaba verme, otras no.

—¿Cómo estás? —me preguntó.

—Bien. Quiero verte…

—No puedo, lo mejor es que ya no nos veamos —me dijo inmediatamente.

—Como amigos, sólo para charlar, por favor —casi le supliqué mientras me mordía las uñas.

—Quizá pueda ir mañana un rato, pero sólo un rato.

—Está bien.

Comencé a conformarme con sus visitas esporádicas, acepté su intermitencia.

Llegaba a la casa, cenábamos juntos, casi siempre acabábamos haciendo el amor. Me reconfortaba seguir siendo de alguna manera parte de su vida, imaginaba que tal vez un día se iba a dar cuenta de que era junto a mí, su pasado, su presente, su futuro, su verdadera felicidad. Pero cuando pasaba muchos días sin verlo era ineludible caer en una espiral de inquietud y desesperación. En una ocasión llegué a enviarle cien mensajes de texto, eso lo hartó de tal forma que se alejó y prometió que esta vez sería para siempre.

—¡Ya, Irene! ¡Basta! —me gritó en cuanto abrí la puerta. Me dio miedo la manera en que me miró, nunca lo había visto así de enojado. Retrocedí un paso. Él entró al departamento, cerró la puerta de un azotón, se mordió los labios tratando de escoger las palabras que iba a decirme:

—Por todo lo que vivimos juntos y todo lo que nos une, he tratado de apoyarte. Sé que hago mal al verte y te pido perdón por ello. No voy a regresar contigo, ya no te amo, ahora estoy con Vicky y soy feliz con ella —se esforzó por serenarse. Agaché la cabeza para que no me viera llorar, pero él me levantó la quijada para mirarme a los ojos—. Vas a encontrar a alguien que te valore y que te merezca, yo no soy esa persona —se dio media vuelta—. Ya no me busques, por favor, Irene —dijo antes de irse.

La decisión ya estaba tomada, tenía que avanzar. Quedarme ahí desolada me hacía mucho daño. Pero no tenía ni puta idea de por dónde comenzar. Mi corazón era un rompecabezas con piezas extraviadas, tenía que salir al mundo a buscar las piezas perdidas. Pero cómo se supone que iba a olvidarlo si me rodeaban las mismas paredes que nos habían cobijado por diez años, si las sábanas aún olían a su perfume; cómo se supone que iba a olvidarlo si trabajaba para él; cómo se supone que iba a olvidarlo si a unas cuantas calles de distancia trabajaba Vicky y a veces la veía en la calle —ella siempre me evadía, cruzaba a la acera contraria y se metía por cualquier calle para evitar toparnos de frente—; cómo se supone que iba a olvidarlo si las fotos juntos nunca llegaron al cesto de basura, las rompí pero no tuve el valor de tirarlas; cómo lo olvidaría si escuchaba una y otra vez a Mon Laferte.

3

Era primero de octubre. Siempre me gustó ese mes, sentía que todas las cosas buenas en mi vida sucedían en octubre. Una tarde de octubre conocí a Ismael, así que me sentí optimista y nostálgica a la vez... Me sacudí los pensamientos melancólicos, no tenía mucho tiempo para llorar, la mudanza llegaría en una hora. Le pedí a Ismael que no estuviera presente, prometí sólo llevarme mis cosas, aunque en realidad no quedaban muchas de las suyas, la mayoría ya las había roto o quemado. Entre las pocas cosas que quedaban le dejé el pizarrón de postales, para recordarle que no había cumplido su promesa de recorrer el mundo conmigo. También le dejé el refrigerador, la estufa, el sofá, la cama, el comedor y todos los espejos. Me llevé el recetario de comida vegana que nunca quiso preparar, los helechos y las flores, mi escritorio, el ropero que me había regalado mi mamá, mi colección de imanes de frutas para el refrigerador, todos los libros y los CD.

Regresar a casa de mi madre no era la idea que más me entusiasmaba, pero ahora, al estar desempleada, no tenía muchas opciones.

Mi madre era viuda. Mi padre falleció cuando yo tenía seis años. Nos heredó un viejo hostal en el centro de San Cristóbal de Las Casas, Chiapas, lugar en el que nací y viví hasta que cumplí dieciocho años, después me mudé a Ciudad de México para estudiar la universidad. Desde entonces no había vuelto. A veces mi mamá me visitaba en la ciudad, pero los últimos años dejó de hacerlo ya que nuestra relación era algo confrontativa, se llevaba mejor con Ismael que conmigo, por esa razón cuando le conté de la ruptura no entré en detalles, imaginé que pensaría que yo había sido la culpable.

Llegué a la central de autobuses de San Cristóbal de las Casas, estaba repleta de turistas, pero entre la multitud distinguí de inmediato a mi madre. Ella me sonrió con compasión, yo hice un gesto que pretendía ser una sonrisa, pero sólo quedó en una mueca insulsa. Se ofreció a ayudarme con las maletas y le cedí una.

—¿Qué tal el viaje? —preguntó. En su mirada percibí dulzura y una sincera preocupación, no pude contenerme, me incliné a abrazarla y sobre su hombro dejé caer las lágrimas sin decir ni una sola palabra. Ella me envolvió en un cálido abrazo. Me sentí protegida.

—Todo estará bien, cariño —me dijo al mismo tiempo que acarició mi cabellera.

Aún utilizaba su vieja camioneta Ford Pick Up 1970. Durante el recorrido platicamos banalidades, mamá habló más, yo sólo le contestaba con monosílabos mientras contemplaba el cielo azul. Nos rodeaban montañas fértiles y verdes; me sentí tranquila. El frío me hizo acurrucarme en el asiento. Me mordí el labio al mirar mi reflejo en el espejo, me veía cansada. Dirigí la mirada a mi madre, que se concentraba en conducir, y las dos guardamos silencio por un rato. En la radio sonaba "Buenas noches, desolación" de Julieta Venegas, mamá movía la cabeza al ritmo de la canción y, tal vez sintiendo mi mirada, se giró para verme y me sonrió. Ella tenía cincuenta y tres años, era de complexión robusta y sus mejillas siempre estaban sonrosadas, en su rostro no se miraba ninguna arruga; su temple era sereno: a pesar de que siempre discutíamos por nimiedades, no recuerdo nunca haberla visto perder los estribos, pero tampoco tengo memoria de haberla visto llena de júbilo.

Llegamos en veinte minutos al hostal: La casa del brujo, una casa antigua, como todas las de la zona, con la fachada azul celeste y el techo de teja de barro. El zaguán estaba abierto de par en par, muchas macetas verdes decoraban el patio principal. En la sala exterior estaban un par de extranjeros bebiendo vino, en la recepción estaba Amelia, una gran amiga de mi madre de unos sesenta años.

Me llamó la atención la decoración del hostal: en el barandal de las escaleras estaba enredada una serie de luces que a la intermitencia cambiaba de color; en una pared del recibidor estaban pintados muchos colibríes; en las otras paredes había hermosos cuadros de pinturas al óleo, grabados y litografías; de esquina a esquina del techo colgaban mantas de colores, rojo, amarillo y azul, todos los muebles eran de madera y en la sala principal un librero cubría toda la pared. Los libros del hostal estaban a disposición de los visitantes, podían llevarse el que quisieran siempre que dejaran otro a cambio.

—¡Qué agradable se ve el hostal! —le comenté a Amelia.

—Todo ha sido idea de Minerva —me respondió saliendo de la recepción para darme un fuerte abrazo—. Bienvenida.

—Muchas gracias —correspondí el abrazo y le pregunté—: ¿Cuál va a ser mi habitación?

—La de siempre —dijo mi madre. Me alegré por ello, esa habitación tenía un balcón con una vista preciosa.

—Necesito una ducha —suspiré—. La mudanza debe llegar pronto.

—Adelante, adelante —aprobó mi madre y llamó a uno de sus empleados para que me ayudara a subir las maletas.

Los hostales se caracterizan por ser acogedores con un ambiente de hermandad y La casa del brujo no era la excepción, tenía habitaciones privadas, pero también compartidas que resultaban más económicas para los viajeros. Había espacios comunes para la convivencia, pero la cocina era el punto favorito de reunión. El patio de atrás de la casa era amplio, con un par de jardineras de árboles frutales, varios árboles de buganvilias y macetas de helechos alrededor, y con una galera al final donde se encontraba una rústica cocina. En temporada de lluvia, metían el comedor de madera a la galera y en los días despejados lo sacaban al patio para disfrutar del sol. Cada huésped compraba su despensa y la guardaba en la alacena, pero al momento de preparar la comida se sentaban a compartir, beber vino y cerveza, escuchar música y charlar. Al hostal llegaba gente de diferentes partes del mundo.

—¿Quieres merendar? —me preguntó mamá en cuanto me acerqué al comedor, que por aquellos días estaba al aire libre.

Yo moría de hambre:

—Claro, ¿qué hay? —pregunté.

—Raviolis de queso, ensalada de manzana y arándanos, quesadillas y pechuga de pollo a las hierbas. Algo variadito el menú, como ya ves —dijo un joven moreno de unos veintitantos años.

—Apuesto que las quesadillas son para mi madre, es lo único que come.

Todos se echaron a reír asintiendo con la cabeza. Tomé asiento entre Amelia y mi madre. El joven moreno quedó frente a mí, me ofreció una cerveza y se presentó:

—Mucho gusto, soy Bruno —extendió la mano.

Al estrechar su mano también me presenté:

—Soy Irene. ¿Y de dónde eres, Bruno?

—Es mi nieto —respondió Amelia—. ¿No te acuerdas de él? Es el hijo de Hortensia.

—Ah —fue lo único que respondí.

Cuando me fui de San Cristóbal, Bruno era un muchachito flaco de tan sólo trece años, ahora era un apuesto joven. Me acabé de tres tragos la cerveza que me dio Bruno y le pedí que me pasara otra.

Los otros huéspedes siguieron con las presentaciones. Esa tarde conocí a las gemelas francesas Audrey y Dominique, al chileno Damián, a Constanza, mejor conocida como *la Regia*, una chica de Monterrey. Todos ellos tenían menos de veinticinco años, el único más o menos de mi edad era Alonzo, un italiano de treinta y tantos.

A la semana siguiente de mi llegada, estaba en la oficina revisando unos papeles cuando mi madre tocó la puerta.

—Pasa.

—Tengo malas noticias: el camión de mudanzas sufrió un asalto y perdieron tus cosas.

—Tal vez empezar de cero sea lo mejor —le di una carpeta que contenía algunas ideas de publicidad, también algunos controles administrativos que, noté, hacían falta.

El asombro de mi madre ante mi indiferencia con el tema fue notable.

—¿Vas a quedarte? —me preguntó incrédula.

—Creo que ya es hora de ayudarte con el hostal.

—Voy a revisar estas propuestas —agarró los documentos y antes de marcharse me dijo—: Me alegra tenerte aquí.

4

Aunque procuraba mantenerme ocupada durante el día, al llegar la noche el insomnio era insoportable, me esforzaba por no llorar, pero las lágrimas salían de mí sin poder controlarlas, hundía mi cara en la almohada para callar mis gemidos. Por las mañanas, mis ojos estaban notablemente hinchados.

A primera hora, mi madre llamó a la puerta.

—¿Ya estás despierta?

—Sí, mamá, entra —me incorporé y me recargué en el respaldo de la cama.

Ella traía en las manos una bandeja de madera con el desayuno.

—Muchas gracias, no era necesario… —ella puso la bandeja sobre mis piernas—. Se ve delicioso —añadí.

—Todo es para comer, excepto esto —mamá señaló un tazón de cerámica blanca en cuyo interior había una mezcla verdosa que olía a pepino fresco y menta.

—Oh, yo pensé que era para untar al pan tostado —asomé la nariz en el tazón—. Huele delicioso.

—No, no, es algo mejor. Es una mascarilla refrescante, después de que desayunes aplícala en el contorno de los ojos, te ayudará. Descansas diez minutos y ya estarás lista para empezar el día —me besó en la frente y se retiró—. Te veo al rato —dijo antes de salir de la habitación y cerrar la puerta.

El desayuno fue un deleite: pan tostado con mermelada de moras, yogurt natural con fresas enteras y granola espolvoreada, café de olla, negro y humeante. Todo un regocijo para mis sentidos.

Le hice caso a mamá y después de desayunar coloqué la mascarilla, me relajé tanto que cerré los ojos y me dispuse a tomar una siesta de diez minutos. Al despertar me metí en la tina para un baño de burbujas. Con la sal de baño se inundó el cuarto de aroma a vainilla y rosas. Al terminar la ducha me unté en todo el cuerpo crema de cacao. Todos aquellos insumos de belleza los preparaban mi mamá y Amelia con ingredientes orgánicos. De pronto se me ocurrió que en el hostal podíamos dar talleres para enseñar a hacerlos y, más tarde, cuando compartí mi idea con ellas, ambas se mostraron entusiasmadas.

Comencé a recorrer el pueblo en una vieja bicicleta rosa para hacer las diligencias, personalmente me encargué de promover el taller, que resultó todo un éxito. También actualicé la página web del hostal; Bruno, que era videasta, me ayudó. La amistad entre él y yo empezaba a ser más íntima. Bruno era un soñador y su compañía me transmitía paz.

Cultivé el hábito de correr todas las mañanas, corría desde el hostal hasta el puente La Primavera y subía por el camino del Cerrito de San Cristobalito hasta llegar a la cima del cerro y bajaba por las escaleras para regresar al hostal. Mi mente se concentraba en la actividad y no había cabida para tristezas. Por las noches, tal vez por el cansancio, me quedaba dormida plenamente; comenzaba a despedirme de las noches desoladas. Aquellos meses, mi madre y yo disfrutamos de una complicidad y amistad como nunca antes habíamos tenido. Me sentí afortunada. Y en medio de tanta tranquilidad, la vida me sorprendió de la peor manera.

Dicen que la tragedia toca la puerta cuando menos se le espera: mi madre murió de un infarto en esa primavera. Fue un infarto fulminante, los cinco minutos más amargos que he vivido. Esa mañana desayunábamos con otros amigos en el jardín cuando mamá, que iba saliendo de la galera con una bandeja de tazas de café en las manos, la dejó caer y se llevó la mano izquierda al pecho y después al brazo derecho. El italiano se paró inmediatamente y llegó corriendo junto a ella justo a tiempo para evitar que se golpeara la cabeza con el suelo.

—¡Mamá! —grité.

Ella se desplomó, el italiano no pudo incorporarla, así que con delicadeza la acostó en el piso. Corrí a su lado y me hinqué. Bruno se apresuró al teléfono para llamar a emergencias. Mamá y yo nos tomamos de la mano, en el último aliento me miró, su mirada estaba llena de brillo, en paz, una pequeña sonrisa se dibujó en su rostro y me pareció que susurró:

—Te amo…

—Te amo, mamá —le respondí.

El aire sopló despacio y de las buganvilias se desprendieron flores. Mi madre quedó inerte, yo la abrazaba con fuerza mientras una tormenta de lágrimas se apoderaba de mí. Los presentes me hablaban, pero yo no escuchaba a nadie. El mundo se detuvo. Una vez más estaba sola y esta soledad era devastadora.

Al enterarse del fallecimiento de mi madre, Ismael fue a San Cristóbal y acudió al entierro. Aprovechó la oportunidad para decirme que las cosas con Vicky andaban mal y que la situación en la fábrica tampoco iba bien, que me extrañaba y que quería volver conmigo.

—No es el momento para hablar de eso.

—Lo entiendo, te esperaré —tomó mi mano mientras cubrían con tierra la tumba de mi madre. Las lágrimas volvieron a escapar de mis ojos.

Bruno estaba frente a nosotros, por aquellos días hablamos muy poco.

Pasé varias semanas encerrada en mi habitación, Amelia se encargó del hostal, los huéspedes de a poco se fueron, quedó casi vacío el lugar. Ismael permaneció todo ese tiempo esperando de mí una respuesta. Cuando al fin me sentí lista, salí del cuarto en donde me había aislado. Él estaba en la sala platicando con Amelia.

—¿Estás bien? —me preguntó al verme.

—Me siento culpable, por todos los años que perdí. Hubiese deseado pasar más tiempo con ella —Ismael me abrazó.

—No seas dura contigo. Nunca vi tan feliz a Minerva como estos últimos meses —intervino de inmediato Amelia.

Asentí con la cabeza y suspiré profundamente. Me solté del abrazo de Ismael para tomar las manos de Amelia.

—Muchas gracias, Amelia, gracias por todo lo que has hecho por mí y por todo el amor que le diste a mi madre.

—No hay nada que agradecer, mi Irene —me dijo y me dio un beso en la frente y, casi como si adivinara que necesitaba hablar con Ismael, agregó—: Los dejo solos —y salió de la habitación.

En cuanto Amelia se fue, Ismael y yo nos sentamos uno al lado del otro en el sofá; intentó volver a abrazarme, pero me alejé.

—Te agradezco que hayas venido y sinceramente agradezco tu preocupación y tu apoyo en estos momentos que más lo necesité, pero no voy a volver contigo. Ya no te amo, lo nuestro se fue al carajo porque tú lo decidiste. Y yo tengo una vida aquí que no voy a dejar sólo por ti.

—No podemos rendirnos, tenemos una historia juntos, nos necesitamos el uno al otro —rogó.

—Yo no sé si tú en verdad me necesitas, pero de algo estoy segura: yo no te necesito a ti. Y lo mejor es que no volvamos a vernos nunca, nada nos une, sigue tu vida. Te deseo lo mejor, Ismael, pero ya no tengo nada que pedir ni nada que ofrecer.

—¿Estás segura, Irene? —preguntó.

—Sí —respondí mirándolo a los ojos.

Llega un momento en la vida en el que uno aprende a reconocer el adiós que es *adiós*. Ese día lo aprendí yo.

Palabras a mi madre

Debo agradecer a mi madre por la manera en que me crio, libre de prejuicios de la sociedad. Me enseñó a creer en mí y en mis sueños, a no temer a la vida, ni al amor, tampoco al dolor; me enseñó que a los problemas se les hace frente. Jamás me detuvo.

—Adonde quiera que vayas, me tienes en tu corazón —dijo y me dio su bendición.

Mi madre se ha ido y aunque ella no quería verme llorar es imposible escapar de la tormenta; saber que jamás volveré a ver su mirada afable, a escuchar esa voz serena, sus sabios consejos, oler su aroma a flor bañada de rocío, acariciar sus manos ásperas propias de la mujer trabajadora que fue.

—Madre, no habrá noche que no llore tu ausencia, ni mañana en la que no sonría al recordarte.

Carta a mi madre colibrí

A Yeye

Madre colibrí,
tú que conociste todas las tragedias del mundo,
todas las tristezas,
pero también todos los colores
y todas las alegrías,
bailabas en campos de flores
como si nada te doliera,
como si nadie nunca te hubiese hecho daño.
Sólo veías hacia el cielo,
nunca al pasado.

Siempre me decías
que Dios no te dio alas,
que a ti de dio raíces,
pero la libertad habitaba en tus ramas,
en las hojas que en otoño soltabas,
a cuantas aves anidaste,
siempre fuiste hogar

y refugio,
siempre supiste dar sombra y cobijo.

Madre colibrí,
tú me enseñaste a volar,
me diste el valor de extender las alas
sin mirar atrás.

Naciste entre cuervos y murciélagos
en la noche más oscura.
Y aun así jamás reprochaste nada.

Alma de fuego,
alma de tierra,
alma de viento,
alma de lluvia,
alma guerrera.

Madre colibrí,
te busco en la primera luz de la mañana,
en todas las canciones bonitas
y en todos los poemas,
en cada gota de lluvia,
en el crujir de las hojas,
en el arrullo del viento,
en el trinar de los pájaros.

Vuelo infinito,
alas talladas a las raíces,
alas de fuego.

De tus alas caían destellos de sol.
De tus ramas caían caricias
y nostalgias.

Madre colibrí,
madre árbol,
madre tierra.

Un abrazo en una taza de chocolate

Aunque Ana creció con su abuela fielmente católica, nunca se sintió devota ni atraída por encomendar su vida a los santos, de hecho, no lo admitía, pero le tenía cierto resentimiento a Dios. Aun así, se conmovía cuando escuchaba rezar a su yaya, quien, en sus oraciones nocturnas, no olvidaba mencionar a su única hija, Malena, a pesar de que había abandonado a Ana recién nacida para irse con un nuevo novio. Jamás volvieron a saber de ella y eso fue motivo de tristeza para Ana durante su infancia, pero con el tiempo dejó de ser importante. Nunca le hizo falta una madre, yaya lo era todo en su vida.

Mientras Ana se convertía en una mujer fuerte como la ceiba, su abuela se volvía tan frágil como las ramas de los árboles en otoño. Yaya comenzó a perder ciertas habilidades, a enfermarse constantemente y esto a Ana le provocaba que se le achicara el corazón, pues sabía que su yaya no viviría para siempre y temía tanto que llegara pronto el adiós.

—Querida Ana, esta vieja llegó hasta aquí —dijo la abuela un día, con la honestidad que le caracterizaba y muy consciente de su decadencia.

—Yaya, no diga eso —suplicó Ana—, se ve muy bien.

—Es lo que hay y nada ganamos con negarlo. Un día estoy bien y tres no. Pero antes de que algo pase, déjame hacerte una última taza de chocolate y no olvides que, cuando yo ya no esté y te sientas triste, en cada taza de chocolate encontrarás un abrazo de esta pobre vieja que sólo sabe amarte —le acarició el rostro con dulzura. Era el vivo retrato de Malena y eso le daba consuelo a yaya, pues sentía que en realidad nunca perdió una hija.

Inevitablemente las lágrimas se escaparon de los ojos de Ana, se limpió la cara con los olanes de su vestido y, siguiendo las indicaciones de la abuela, prepararon el chocolate. En el metate molieron el cacao y el piloncillo —la habitación rápidamente se impregnó de un aroma dulce—, yaya agregó una pizca de canela para darle un toque picante, Ana colocó la leche en el fuego y cuando la espuma comenzó a ascender la abuela vació la pasta de chocolate. Ana movió a fuego lento hasta que el segundo hervor le indicó que era momento de retirar la olla de barro del fuego. Recordó que cuando era niña su parte favorita era hacer la espuma con el molinillo. Al finalizar sirvió dos tazas y le dio un sorbo a su mágica bebida, luego tomó las manos de su abuela y las sostuvo con firmeza en un momento que deseaba prolongar. De pronto volvió a ser la niña pequeña que buscaba con urgencia los brazos de su querida abuela.

La despedida

La primera y única vez que Arquímedes visitó un panteón tenía cuatro años. En alguna ocasión había escuchado a la gente decir que el cielo era un lugar hermoso, por ello le sorprendía que todos lloraran. Deseaba consolarlos, especialmente a su madre, que no dejaba de sollozar. La tomó de la mano y apretó con toda la fuerza que su pequeña mano le permitía. Junto con ella siguió el camino de piedras detrás de la caravana: cuatro jóvenes delante de ellos cargaban un pequeño ataúd blanco; entre más se adentraban al cementerio, la neblina se hacía más densa. Cuando dejaron atrás el camino de piedras, sus zapatos se hundieron en la húmeda tierra roja y frente a ellos aparecieron cientos de tumbas de todos los tamaños y colores, algunas de mármol, otras de cantera, mausoleos altos con sobresalientes imágenes religiosas, otras tumbas eran sencillas, tan sólo un bloque de cemento y una cruz de fierro, algunas tenían la herrería oxidada, las fotografías de los difuntos amarillas, la madera de los crucifijos podrida, y jarrones quebrados con flores secas servían de hogar para las escurridizas lagartijas. Los charcos de agua indicaban que la noche anterior había llovido. El aire silbaba quedito. Hay muertos que nadie llora, nadie los extraña, nadie les lleva flores; hay otros que siguen siendo amados por generaciones, tumbas que restauran cada año, con hermosas frases en las lápidas y flores frescas los domingos.

La caravana se detuvo debajo de un almendro de tronco fuerte pero con las ramas mutiladas, debido a que los veladores del panteón detestaban limpiar las hojas que de él se desprendían. El sacerdote, que llevaba la túnica arrastrando y manchada por el lodo rojo, hizo las oraciones correspondientes. La madre de Arquímedes, en medio de un llanto incontrolable, dejó caer sobre el ataúd una rosa blanca mientras lo metían a ese hueco profundo y oscuro del que no hay regreso. Minutos después, la tierra cubrió por completo la fosa. El padre de Arquímedes abrazó a la madre, sus mejillas quedaron pegadas y las lágrimas que escurrían por sus rostros se hicieron una misma. En ese instante, Arquímedes los estrechó a ambos, era tan pequeño que apenas les llegaba a la cintura; el niño sintió un vuelco en su corazón, era el momento de la despedida, ellos no podían verlo, pero sin duda sentían la calidez que emanaba de ese abrazo.

Colocaron la lápida en la tumba, en ella se leía:

> A TI, NUESTRO AMADO HIJO, TE DEDICAMOS NUESTRO PRIMER DOLOR DEL ALMA. TE QUISIMOS TANTO QUE TU IMAGEN, TU SONRISA Y TU MIRADA NO PODRÁN BORRARSE, COMO TAMPOCO NUNCA NUESTRO LLANTO.

—Mamá, papá, me voy al cielo. Ahora me toca a mí cuidarlos desde allá arriba. Allá los espero —dijo Arquímedes antes de caminar hacia la luz que resplandecía del otro lado del jardín.

Marcela

Cuando tenía dieciséis años, con la bendición de mi madre, unos cuantos pesos en la bolsa y tres mudas de ropa, me fui a la capital a vivir con una de mis tías. Además del desconsuelo, le dejé la promesa de terminar una carrera profesional, volver por ella y comprarle una casita digna. Más de tres mil fueron las noches de desvelos.

De lunes a viernes trabajé por las mañanas de mesera en un restaurante y por las tardes de cajera en un supermercado; los sábados los dediqué a terminar la preparatoria abierta. A pesar de las pocas horas de descanso, disfrutaba el aprendizaje de aquellos trabajos, estaba segura de que ese presente no iba a definir mi futuro. Una vez al año regresaba al pueblo para visitar a mi madre; cargada de esperanza, le dejaba un poquito, siempre quise dejarle más, pero con cada arruga y cada cana ella se volvía más huraña, pesimista, desesperada.

—No sé por qué te dejé ir, Marcela, a veces me arrepiento.

—No me diga eso, madre, no me pida que vuelva —suplicaba.

Mejor se quedaba callada. Sabía lo importante que era para mí romper las cadenas del pasado, desafiar el destino. Desde niña supe que no me iba a quedar en ese pueblo, quería algo más que vivir en la resignación. A los seis años aprendí a leer; hambrienta devoré cada libro que pasó por mis manos, busqué más en la biblioteca municipal, en los cajones de mis profesores, en los libros de texto de alumnos de otros grados. Entonces descubrí que más allá del pueblo había todo un mundo por recorrer, más libros, más cosas que aprender, más de todo. Mi madre nunca se explicó a quién salí, decía que mi padre era un bruto, tan bruto que jamás regresó del otro lado porque seguramente cuando se fue se perdió.

Al terminar la preparatoria presenté el examen para ingresar a la universidad. Con una de las puntuaciones más altas conseguí entrar a la carrera de arquitectura. Al cabo de un par de años renuncié a mis empleos, conseguí un lugar como pasante en una constructora que me permitía ganar lo suficiente para solventar mis gastos, pero tampoco planeaba quedarme en ese trabajo, pues tenía todo listo para solicitar una beca para una maestría una vez concluida la licenciatura. No había noche en la que no soñara con mi graduación. Diseñé mi vida de tal manera que no me permitía distracciones de ningún tipo; tuve un par de novios que de inmediato se aburrieron de mí y ni siquiera me importó, a ninguno de los dos les lloré. Durante toda mi carrera no fui a una sola fiesta, nunca hice un grupo de amigos cercanos, cuando era necesario trabajar en equipo no me quedaba a socializar más de lo indispensable, regresaba con urgencia a casa a encerrarme en mis estudios. Fui el bicho raro de mi generación. Intuía los comentarios que hacían a mis espaldas, sin embargo, siempre me resultaron indiferentes, los demás podían hacer de su vida lo que quisieran, por mi parte tenía claras mis prioridades.

El día que al fin me gradué, mi madre en primera fila aplaudía de pie; cuando me llamaron al pódium los ojos le brillaban de júbilo. Miré detrás de mí, la sombra alargada, ligera, me acompañaba fiel. *Nada fue un sacrificio*, pensé. Erguida como espiga continué el paso mirando al frente, la puerta con la palabra futuro estaba por abrirse. Estreché las manos de mis mentores, recibí de cada uno un cálido abrazo; en su momento fueron el padre que nunca tuve. Al final de la mesa, el rector me esperaba, un paso me separaba de mi título. Quise extender la mano, pero una pesadez me lo impidió. El auditorio comenzó a dar vueltas lentamente, diez ojos me miraban de cerca, totalmente consternados, "¿estás bien, Marcela?", retumbaron voces en mi cabeza, los ojos volaban alrededor de ella, no pude responder, un hormigueo me recorrió por la lengua mientras se retorcía gradualmente. El público dejó de aplaudir, mi madre corrió al escenario al mismo tiempo que una súbita punzada en el cerebro me hizo perder el equilibrio; no caí al suelo porque el rector, soltando el título, alcanzó a sostenerme en brazos. Antes de que mi cuerpo por completo se pusiera rígido y perdiera la conciencia, alcancé a ver cómo mi madre pisó mi título; las voces distorsionadas se escuchaban a lo lejos, mi madre en un llanto profundo me acarició el rostro mientras el rector ya no podía controlar mi cuerpo, que empezaba a convulsionarse. La negrura se derramó por completo.

Al abrir los ojos me encontraba en la misma casa de la que había huido a los dieciséis años. No tenía noción del tiempo, no sabía cuántas horas, días o semanas habían pasado desde el incidente. Miré las paredes, en ninguna se veía mi título colgado. Mi madre en la cocina preparaba café, quizá sintió mi mirada porque se volvió para verme, como si la hubiese llamado por su nombre, y me sonrió.

—Qué bueno que despertaste, Marcela, ya estás en casa, de donde jamás debiste haberte ido.

Una lágrima se escurrió por mi mejilla. Con lo poco que alcanzaban a ver mis ojos me bastaba para horrorizarme: mi cuerpo postrado en una fría silla de ruedas, atrapada, sin poder mover mis pies, ni mis manos. ¿Y mi sombra? ¿También ella me había abandonado? Quería gritar, pero de mi boca sólo salía un balbuceo infantil, mientras me repetía en mi mente una y otra vez: *¡Despierta, Marcela! ¡Por favor, despierta!*

Hermosa criatura

Ella fue el colibrí más hermoso que vi en mi vida, una hermosa criatura con un resplandor particular. La vi volar por los cielos, con un trémolo en las alas, dejándose llevar por la brisa vigorosa, ir hacia la deriva, volar muy alto con las alas que batían firme contra el viento. Juré que ese espíritu guerrero le daría una vida larga y próspera; no percibí la tristeza que guardaba en sus ojos, una tristeza tan grande como sus alas. Cuando la veía danzar bajo la lluvia con la plenitud de una mujer y el alma de una niña, creía que había dejado atrás todo el ramalazo del pasado.

Sin embargo, ayer se fue a dormir antes del crepúsculo, esta vez decidió no despertar. No supe cómo ayudarla, no me di cuenta de su dolor y soledad.

Bodas tristes

El silencio a veces dice más que las palabras y, en aquel lugar, aullaba con amargura. En la habitación no había nadie. El aire sofocaba. ¿Por qué nadie abría las malditas ventanas?

En medio de aquella ostentosa recámara había un maniquí sin manos, sin rostro, sin piernas, sólo el torso negro y aterciopelado sostenido por un tubo de acero. Sobre éste, un perfecto vestido de novia, blanco como la espuma del mar y tan impuro como las cloacas de las hediondas ciudades abandonadas. De los olanes del vestido pendía la historia de las mujeres Garza de la Rosa. Ésa sería la tercera vez que alguien lucía tan lujosas telas, pero el destino ya estaba escrito: no había dicha en esos matrimonios arreglados por conveniencia. Las perlas bordadas en el pecho lo sabían, por eso lloraban.

La mujer maravilla

A Cynthia del Carmen y a Pía

Hay días en los que el cuerpo me pesa tanto que no quisiera levantarme, llevo en mi pecho guardados los problemas, las desilusiones, las mentiras; son esos días cuando todo esto me sobrepasa y simplemente quisiera dormir todo el día, pero los pequeños entran a la habitación y de un salto suben a la cama, me besan, me abrazan, me piden cereal para desayunar y leche con chocolate, entonces les hago cosquillas, sus carcajadas retumban por toda la habitación y sonrío con ellos. Después de besos y abrazos, me levanto, les hago el desayuno, los alisto para la escuela y plancho mi uniforme del trabajo, apenas me da tiempo de tomarme un jugo y mordisquear una dona de chocolate; corremos a la parada, tomamos el autobús que nos lleva al colegio; los choferes ya nos conocen y me dejan pagar sólo dos pasajes, al más pequeño lo llevo sentado en las piernas. Para los niños soy la mujer maravilla, nunca me han visto tirada en la cama, porque aunque alguna vez he pasado una gripe de ésas que te parten en dos, sigo con la rutina, no puedo darme el lujo de faltar al trabajo y que me descuenten un día de la quincena. En la casa nunca falta leche, pan, fruta, la comida a las dos de la tarde, la cena a las ocho de la noche. En las tardes no puedo ir por los niños a la escuela, la niñera es quien pasa por ellos, les da de comer la comida que dejo preparada una noche antes y los cuida hasta mi regreso. Llego a casa a las seis de la tarde, muerta de cansancio, pues el trabajo nunca para en la oficina y, contrario a mis compañeros, no me quejo de eso, doy gracias a Dios porque me da esperanza tener algo seguro, no imagino lo difícil que sería quedarme sin trabajo y salir a buscar otro. Al llegar a casa, los niños me reciben con preguntas, me encanta que lo primero que me dicen es: "Mamá, ¿cómo estuvo tu día?". Una vez leí en un libro que siempre hay que responder "fantástico", aunque por dentro te lleve la chingada, por eso no entro en detalles y amarguras, sólo les respondo que mis días son fantásticos, y sí, lo son, lo son porque los tengo a ellos. Antes de mis hijos, la vida me resultaba una cuerda floja y sentía que en cualquier momento iba a caer, sin mis hijos sería sólo un barco hundido en la oscuridad del océano. Y no pretendo que vivan en un mundo de fantasía, pero ¿para qué agobiarlos con problemas de adultos?, ¿para qué decirles que su padre es un imbécil que se fue con otra y que, aunque no ayuda en nada económicamente, le he rogado que no los abandone, que los vea, que los lleve al parque, que asista a sus eventos escolares? Él siempre dice que sí, que lo hará y a la mera hora falla, no llega, cancela; de vez en cuando les hace una llamada y eso los ilusiona. Por ahora no quiero decirles la verdad, por ahora sólo les digo que papá tiene mucho trabajo, pero que los ama, porque hasta a mí me cuesta creer la clase de persona que es. Después de darles las buenas noches a los pequeños, leerles un cuento hasta que se quedan dormidos, limpiar la casa, lavar la ropa, preparar la comida para el día siguiente y preparar sus uniformes, me doy un baño de agua caliente. A veces las lágrimas se hacen presentes, entonces me abrazo y me digo: "Tranquila, mujer maravilla, todo está bien. Mira a tu alrededor, la casa está en orden, los niños duermen tranquilos, nadie falta aquí".

EN MI CORAZÓN HABITA UN PÁJARO PARDO.
A VECES SUEÑO CON ÉL, EN MIS SUEÑOS ES AZUL
COMO EL CIELO; EN LA NOSTALGIA DE SU CANTO
ME SUPLICA QUE LO DEJE LIBRE.

Aves que emigran

A Yeye

Amar la lluvia me resulta inevitable. El olor a tierra mojada impregna la habitación, prendo la chimenea, este lugar es tan cálido como el abrazo de mamá en los días de angustia. Me acurruco frente a la ventana con una bebida caliente entre las manos, me espera una larga novela para hacerme compañía. Suspiro, un estruendo se escucha en el cielo y la leña cruje.

La vida no siempre fue así para mí. En mi infancia, mi madre tuvo que convertirse en un ave migratoria con sus dos pequeñas en el regazo para buscar un mejor porvenir. Recuerdo con mucha claridad esa noche, yo acababa de cumplir seis años, no podía parar de llorar, estaba asustada, tenía hambre y frío: "Todo estará bien, todo estará bien", me prometió mi madre, me puso un impermeable y me colocó la capucha en la cabeza, me dio un beso en la frente con sus labios aún con sangre en las comisuras; papá había vuelto a darle una paliza de la que ella no pudo defenderse. Teníamos que irnos pronto, si no lo hacíamos, un día él la mataría.

No me dolió dejarlo ahogado de borracho en el sofá. Mamá arropó a mi hermana, que tenía cinco meses de edad, y salimos a la calle. Caminamos por horas sin saber exactamente a dónde iríamos, la lluvia no cesaba y se acercaba la media noche. Nos refugiamos debajo de una parada de autobús, me senté en la banca, mamá me pidió que cargara a mi hermana y se alejó unos metros de nosotras, la veía levantar la mano como cuando pides un taxi, pero los coches pasaban de largo, ignorándola. Ella llevaba puesto su vestido de flores moradas que tanto me gustaba y un abrigo negro, con un paraguas rojo se cubría de la lluvia, su cabello negro le llegaba hasta la cintura. Una camioneta se detuvo, ella se acercó a la ventana del conductor, me pareció que unas lágrimas se escurrían por su rostro porque la vi secarse las mejillas con las mangas de su abrigo, y después nos señaló. La camioneta dio reversa para acercarse a donde estaba yo, mamá corrió hacia mí, tomó a mi hermana, me quitó el impermeable y me ayudó a subir a la camioneta, después subió ella. El conductor era un señor con una barba larga que me recordó a los leñadores de las películas, le pregunté su nombre, me dijo que se llamaba Eduardo. Cuando le pregunté si era leñador soltó una carcajada y sus ojos se hicieron chiquitos. Nos llevó a un hotel de paso y le dio unos billetes a mamá. La escuché murmurar "gracias" más de tres veces y decirle que estaba dispuesta a todo a cambio de su generosidad.

—Mi ayuda es sincera, no pretendo pedir nada a cambio. Cuídate mucho y cuida a tus hijas.

Eduardo se fue después de pagar la noche de hotel. Y nosotras entramos a la habitación. Jamás volvimos a ver a Eduardo. Alguna vez le pregunté a mamá por él y me dijo que no lo conocía, que fue un ángel en nuestras vidas; sin su ayuda no hubiésemos podido tomar ese autobús que nos llevó lejos de aquella vida de amarguras. Mamá no tenía más familia que su tía Isidra, sus padres fallecieron cuando era niña. Y la tía Isidra, que la quería como a una hija, nos dio un cuarto en la vecindad que tenía. A unos días de instalarnos, mamá ya estaba trabajando en una tienda de ropa y una vecina cuidaba de mi hermana y de mí hasta que llegaba ella del trabajo. El lugar, aunque era austero, pronto tomó el aspecto de un hogar gracias a mamá. A veces nos íbamos a caminar por el barrio a ver qué encontrábamos en las esquinas los días que pasaba la basura y más de una vez hallamos cosas útiles para nosotras. Para mí aquel lugar era perfecto, dormíamos tranquilas. El único defecto era que cuando llovía el agua se filtraba por el techo, era muy agotador estar colocando cubetas debajo de las goteras y trapeando los charcos de agua. Una vez llovió tanto que la casa se inundó por completo. Mamá acostó a mi hermana en el moisés y la subió al ropero, después me subió a mí para cuidarla; desde ahí arriba la veía sacar con una cubeta el agua que casi le llegaba a la cintura. Ese día perdimos las pocas cosas que habíamos logrado adquirir ese año.

De papá no volvimos a saber nada, nunca nos buscó. Durante los seis años de primaria me cambié de escuela cinco veces, la secundaria la estudié en dos escuelas diferentes, nos cambiábamos de casa hasta dos o tres veces por año. Mamá compraba todos los días el periódico para ver los clasificados, no titubeaba al dejar un empleo para irse a otro. En un principio le reclamaba su inestabilidad, ya estaba harta de dejar a mis amigos cada vez que nos mudábamos. "Si un día tienes la necesidad de ir lejos de casa, de respirar otros aires, y si la vida te da la oportunidad de hacerlo, hazlo", repetía ella como mantra.

Mamá, además de trabajar de día, por la noche iba a una universidad nocturna. Dormía menos de cinco horas diarias. Cuando consiguió graduarse, yo tenía catorce años, en ese momento la admiración que sentía por mamá no cabía en mi pecho.

De vivir en cuartos de lámina, llegamos a tener nuestra casa propia. Mamá siempre vio más allá, nunca dudó en ir contra el viento, contra la marea, hacia otros páramos; ella tenía el don de ver cuál era el camino, aunque todavía no estuviera trazado.

Ascendencia

Me gustan las flores, ellas no saben de envidias ni rencores. Es el jardín el único lugar de la casa donde me siento en paz. Ahí espero en silencio a que los colibríes lleguen a besar a las flores y me compartan un poco de su magia. Mi pequeño jardín no se compara con el de mi abuela. Recuerdo mi infancia y quisiera con todo mi corazón regresar a esa tierra de niña; extraño esa casa que siempre olía a leña, extraño pasar horas en el columpio del jardín sin ninguna angustia en el alma.

Cuando mis abuelos estaban embarazados de mi madre no pudieron adquirir una casa en la ciudad, su única opción fue comprar un terreno a un buen precio y con facilidades de pago cerca de la carretera. El poblado más cercano quedaba a dos horas, pocos se atrevían a comprar terrenos por esos rumbos, ya que en esa época la zona no tenía los servicios básicos. Al principio montaron una casa de madera con techo de lámina y, por fortuna, después de cavar sin parar por días y noches, el abuelo encontró una fuente de agua. El día que el abuelo halló el pozo le dijo a mi abuela: "Si tenemos agua ya no nos falta nada, el campo se llenará de flores, de árboles, y estos árboles nos darán frutos".

Y así sucedió, jamás vi esa casa marchita.

Cuando se casaron, la abuela tenía diecisiete años y el abuelo ya había cumplido los dieciocho. Él era carpintero y ella, huérfana de la Revolución, había vivido un tiempo en un orfanato y sobrevivía como podía en las calles. Apenas conoció al abuelo, se fugó con él, ella decía que fue amor a primera vista. Un par de años después nació mi madre, su única hija. Le dieron todo el amor que ellos no tuvieron y trabajaron muy duro para pagar sus estudios.

Mi madre se volvió médico, no quería que a los abuelos les faltara nada y, aunque se tuvo que ir lejos para continuar su carrera, siempre los procuró. Todas mis vacaciones las pasé con ellos y también los abuelos venían muy seguido a nuestra casa en la ciudad. A mi padre siempre lo quisieron como si fuera ese hijo que no tuvieron. Mi infancia fue plena. Pienso en la vida que me tocó y me doy cuenta de lo bendecida que soy; no entiendo en qué momento me comencé a sentir perdida, tal vez cuando todos ellos se fueron. He tratado de olvidar mis penas pasando más tiempo en el trabajo, saturándome de obligaciones que ocupen por completo mi mente y me distraigan de la soledad, aunque por las noches tenga que enfrentarla.

Mi abuela decía: "Siempre vendrán tiempos mejores, pero no podemos pasar la vida esperando que lleguen, el presente hay que transformarlo para que sea lo mejor posible, aprender de las situaciones difíciles, crecer, reunir el valor para irte y buscar el sentido de tu vida". Quiero encontrar las fuerzas para seguir su consejo, pero a veces siento que no heredé ni una pizca de ella.

Las flores no deben morir

Aurorita, ¿a dónde vas cuando te cansas de volar?
¿A dónde vas cuando el invierno acaba con los campos de flores?
¿A dónde vas cuando se han ido todos los que amas?

Aurorita, ¿tú también te has marchado?

No hay canción
que esta noche
me dé calma.
Mis ojos
de llorar no se han cansado.

La luna brilla allá en el cielo ennegrecido
como si el mundo aún tuviera algo que ofrecerme.

Escondo ante todos
el rencor que arde en mi pecho.
Yo no quería quedarme
en esta vida
y en esta tierra.
Si tú no estás,
yo no quiero estar aquí.

Las primaveras llegan y se van,
el tiempo no se detiene,
los zunzuncitos al jardín ya no vienen,
la tierra me pide que siembre y riegue.
Las flores no deben morir,
mi espíritu tampoco,
lo sé.

Te hablo todos los días
con la esperanza de que allá donde estés
escuches mi voz.

Hoy nació una flor
después de tanto tiempo,
de ésas que eran tus favoritas.

Baila, estás viva,
siempre decías.

El viento sopla diferente,
los árboles se mecen,
los rayos de sol caen sobre mis mejillas.
Abrazo tu fotografía,
aquí te llevo siempre conmigo
en mis sueños profundos,
en mis pensamientos,
en los días fríos,
en los días cálidos,
en las noches de soledad.

Baila, estás viva,
siempre decías.

Quiero rendirme,
quiero que se sequen los árboles,
que mueran las flores,
que nadie me hable,
que nadie me mire.

A veces ya no puedo más.
Me da miedo la noche.
¿Y si hoy no te sueño?
Prefiero no dormir.

Baila, baila,
dice el viento.

A veces cuando siento que no puedo más
y quiero rendirme,
recuerdo tus palabras,
tus abrazos,
tu mirada,
y entonces me levanto de la cama
aunque me pesen las alas,
aunque mi corazón me duela tanto por tu partida.

Volarás,
volarás muy alto,
me decías
y es por ti que no puedo rendirme.

Mariposas

El laberinto aún está en el área de juegos. Ahora parece ruinas abandonadas, los niños ya no corren por el parque, se quedan sentados bajo la sombra de algún árbol, inmersos en sus celulares, parece que nada del entorno les asombra. Hace treinta años en nuestra infancia todo era diferente. Recorrimos tantas veces ese laberinto que lo conocíamos de memoria; el juego consistía en perseguirnos unos a otros, entre empujones y jaloneos terminábamos con los codos y las rodillas ensangrentados y las risas retumbaban por todo el laberinto, como si únicamente hubiese alegría en nuestras vidas, como si la oscuridad no nos acechara al caer la noche.

Aquel parque de mi infancia tiene un zoológico que alberga felinos, aves, monos y otros mamíferos; al final de su recorrido se encuentra un puente colgante que lleva a un sendero de terracería infestado de mosquitos, la sombra de los grandes árboles oscurece el camino y la humedad sofoca a los visitantes. La primera vez que visité aquel lugar tenía siete años, me aferraba a la mano de mi madre por el temor de perderme. Tal vez por el cansancio de los juegos mis hermanos y yo caminábamos en silencio y en esa soledad el crujir de las hojas secas del suelo se escuchaba con más claridad; llegamos a un enorme estanque de concreto, solté la mano de mi madre, mis hermanos curiosos corrieron para asomarse al barandal.

—¡Es un monstruo! —gritaron con asombro.

—Pero no se mueve, hay que tirarle piedras —sugirió uno de ellos.

Inmediatamente mi madre los regañó. Me asomé para buscar el monstruo, pero no vi nada. En medio del agua turbia había rocas de varios tamaños y un pedazo de tierra firme a modo de isla donde unas tortugas descansaban.

—¿Lo ves? —preguntó mi madre.

Asentí con la cabeza, pero al contrario de mis hermanos yo no vi ningún monstruo. Al principio me costó distinguirlo, se camuflaba con el tronco en el que reposaba, de pronto abrió el hocico mostrando sus afiliados dientes, sus ojos llamaron mi atención, eran como mis canicas quebradas, como mi infancia rota, como la inocencia herida. El cocodrilo se quedó inmóvil nuevamente, un par de mariposas amarillas revoloteaban a su alrededor. *¿Qué hizo ese cocodrilo para merecer estar prisionero el resto de su vida?*, pensé. Una de las mariposas voló hacia afuera del estanque, la seguí con la mirada hasta perderla de vista.

Un proverbio chino dice: "El sutil aleteo de las alas de una mariposa se puede sentir al otro lado del mundo". He llegado a pensar que mi encuentro de ese día con Papillón, como después supe que se llamaba el cocodrilo, no fue casualidad.

Papillon, en francés, significa mariposa, este insecto es considerado en algunas culturas un símbolo de libertad. Su tiempo de vida, en el mejor de los casos, llega a ser de un año; por su parte, el promedio de vida de los cocodrilos es de ochenta a cien años, al igual que el del humano. Vaya ironía, a veces desearía haber nacido mariposa, me pregunto si Papillón deseaba lo mismo.

Papillón fue capturado en los años sesenta por Otto Wolter, un hacendado de la región que, al escuchar los rumores de que una bestia acechaba la localidad, decidió reunir a un grupo de trabajadores para cazarla, sin imaginarse lo que implicaría la tarea: la persecución duró seis años, pues el cocodrilo conocía el pantano como Moby Dick los mares. Finalmente una noche de septiembre consiguieron atraparlo. Otto Wolter no dudó en donar el magnífico ejemplar al Parque Museo La Venta de Villahermosa, Tabasco, y Carlos Pellicer Cámara, fundador del recinto, decidió bautizar al cocodrilo con el nombre de Papillón, ya que su difícil captura le recordó la novela autobiográfica de Henri Charrière: un hombre apodado Papillón, sentenciado a cadena perpetua en octubre de 1931, recluido en una pequeña isla situada en la costa de la Guayana Francesa. Este lugar al que nombraron Isla del Diablo, por sus corrientes innavegables, actividad volcánica con constantes fumarolas que se convertían en nubes oscuras por las que no penetraba ni un rayo de sol y su aire que arrastraba a todos los rincones una mezcla de olor a azufre y huevo podrido, se convirtió en uno de los asentamientos penitenciarios más crueles de su época. Cualquiera destinado a un lugar así muy pronto habría de doblegarse, pero no Henri Charrière, quien durante catorce años intentó fugarse una y otra vez. Logró hacerlo más de una vez y gozar de pequeños lapsos de libertad antes de volver a ser capturado y, aunque cada escape casi le costara la vida (ya fuera por aventarse desde un acantilado o por sufrir naufragios) o lesiones serias (como un par de costillas fracturadas), Charrière persistía en su anhelo de libertad. Así como él, el legendario cocodrilo cautivo intentó escaparse reiteradamente cavando un túnel en el estanque para llegar a la llamada Laguna de las Ilusiones, que se encuentra del otro lado del parque. La primera vez que huyó fue sorprendido por un cazador furtivo que le dio dos balazos a la altura del cuello. Cuando lo encontraron moribundo lo curaron para después devolverlo al cautiverio. En su segunda fuga unos pescadores le hirieron los ojos, pero su ceguera no impidió que intentara escapar una vez más.

Papillón en realidad era hembra. Por supuesto que intentaron más de una vez que se apareara, pero en una de esas ocasiones devoró al cocodrilo macho.

Cuando yo era adolescente, todos los sábados iba a la biblioteca, pasaba ahí la mañana completa, después caminaba hasta el Parque Museo La Venta e iba directo al estanque de Papillón, me gustaba pasar horas observándola, casi siempre inmóvil, con su cuerpo de poco menos de cinco metros de largo sumergido en el agua, sólo sobresalían sus ojos grises. Por aquella época ya no se supo de más intentos de fuga, yo quería gritarle: "¡No te rindas, inténtalo una vez más! ¡No perteneces aquí!", pero no tenía caso reprocharle. En lugar de exigirle a Papillón, grité y lloré para mí los secretos que mi corazón ya no podía callar, yo tenía la fuerza y la oportunidad de escapar de aquel laberinto en el que estaba atrapada, de esa casa donde crecí, que era mi propio estanque podrido. Así fue como un día, a la edad de veinte años, me fui de la ciudad. No me despedí de nadie, ni siquiera de Papillón, tenía que hacerlo de esta manera para no arrepentirme.

El 21 de enero del 2014 supe por las noticias que Papillón había muerto a sus ochenta años, de muerte natural, según el informe, después de más de cuarenta años en cautiverio. Lloré toda la noche. Jim Morrison, el Rey Lagarto, dice en una de sus canciones: "Las calles son desiguales cuando estás abajo. Los rostros emergen de la lluvia cuando tú eres extraño. Nadie recuerda tu nombre cuando eres extraño".

A veces la soledad es tan profunda que uno sólo desea que aparezca un redentor como Teseo y, al igual que Asterión, uno apenas se defiende. Tal vez para Papillón la única puerta hacia la libertad era la muerte.

Regresé a la ciudad después de quince años lejos. Ya nadie habita nuestra vieja casa, las enredaderas llenas de espinas cubren su fachada; no quise abrir la puerta, preferí que los amargos recuerdos se quedaran ahí atrapados. Me hospedé en un hotel barato del centro de la ciudad. Fui a la antigua biblioteca, ahí parece que el tiempo no pasó, los mismos muebles, los mismos libros, los mismos bibliotecarios, los mismos pasillos.

Antes de irme de nuevo, esta vez con la promesa de jamás volver, decidí visitar el zoológico. A Papillón le hicieron un pequeño museo dentro del parque, lo disecaron y en lugar de sus ojos grises colaron unos ojos de cristal; parece otro, un Papillón entero, sin heridas. Los turistas posan a su lado y sacan fotos para subirlas a Instagram. Su antiguo estanque está por ahora vacío, pero los administradores del parque anunciaron que en breve llegará un nuevo ejemplar: Titán, un impresionante cocodrilo que será la nueva atracción del parque. Me incliné sobre el barandal del estanque para asomarme, el viejo tronco podrido sobre el que se posaba Papillón para tomar el sol sigue allí, estaba cubierto de cientos de mariposas amarillas que, al escucharme llegar, volaron hacia el cielo.

Los pájaros que habitan mi corazón

Deja que los colibríes que habitan en tu corazón vuelen libres por el mundo. No te aferres a ellos. Sé que tienes miedo de perderlos, pero te aseguro que en el *zun zun* de sus alas ya llevan tu nombre y allá a donde vayan te recordarán como esa alma bondadosa que los procuró cuando más lo necesitaban. Los alimentaste, los cuidaste como una madre cuida a un hijo, como un jardinero cuida sus rosales, pero ahora te toca abrir las puertas de tu corazón y dejar que alcancen el cielo.

Deja que se vayan. Siempre supiste que no te pertenecían, siempre supiste que llegaría este momento. Sé que llorarás por las noches la ausencia de cada uno, pero no olvides esa nobleza que ellos provocaron en ti. Estuviste en el instante preciso para rescatarlos y darles un cálido hogar en ese corazón quebrado; ellos te ayudaron a repararlo. Aunque se marchan, te dejan completa; juntaron las piezas. Te enseñaron que el amor es como un ave que se va y regresa, un ave que no siempre regresará en la misma forma, a veces será colibrí, a veces será gorrión, otras veces será cuervo.

Mujer colibrí

Ya no sé si soy una mujer que se convirtió en colibrí o un colibrí que se ha transformado en mujer, la única certeza que tengo en este momento es que soy los dos.

Tenía ocho años cuando mi madre enfermó gravemente, estuvo semanas en cama. Mi padre tenía que irse al campo a trabajar todo el día, así que dejé de ir a la escuela para ayudar con las labores de la casa y cuidar a mis tres hermanos menores, entre ellos a un bebé de apenas nueve meses. Por esos días lo primero que aprendí a cocinar fue caldo de pollo. Mi madre, convaleciente, me indicó cómo limpiar y cortar el pollo, después coloqué las piezas en una olla enorme con agua, cebolla, ajo, sal, trozos de papa y zanahoria y un par de tomates licuados. Transcurridas unas dos horas, ya olía toda la casa a caldo de pollo. Para acompañar preparé una salsa de chile amashito e hice tortillas. A la hora que llegó mi padre, la mesa estaba puesta. Él ayudó a mi madre a levantarse de la cama y a tomar un asiento en la mesa, yo les serví una buena porción de caldo a cada uno. En mi inocencia, a mi padre le serví lo mejor: la cabeza del pollo entera, con los ojos bien abiertos y la cresta roja saliendo del plato; ninguno de ellos hizo al menos el intento por contener las carcajadas, creo que nunca nos reímos tanto.

Esa misma noche soñé que corría descalza por el bosque, perseguía a un mirlo de plumaje negro y pecho color bronce. Su canto armonioso me tenía hipnotizada. Inevitablemente lo fui siguiendo, él se posaba en algunas ramas como esperando que lo alcanzara, abría su pico y lo cerraba después de un trino, quería decirme algo, pero no entendía qué. La luz del amanecer se colaba por las copas de los pinos cuando llegamos hasta un arroyo y ahí lo perdí. Me senté a la orilla del arroyo a descansar y, al meter los pies en el agua, las heridas que tenía sanaron de inmediato. En ese instante un colibrí dorado apareció frente a mí, nos miramos fijamente, extendí mi mano con lentitud y él se posó en ella, se transformó en luz y se elevó al cielo.

Mi madre falleció mientras yo tenía el sueño más hermoso de mi vida. Así comprendí que a pesar de las más grandes tristezas siempre hay un halo de esperanza.

Despeinada

De niña, mamá me hacía una coleta tan alta y perfecta que estiraba todo mi rostro. Muchas veces me hacía llorar y entonces me jalaba con más fuerza, me decía que no era para tanto, que si quería llorar me iba a dar razones verdaderas para hacerlo y levantaba la mano como amenaza; entonces me tragaba el dolor, el coraje, y me limpiaba las lágrimas. Así pasaron los años y me acostumbré a hacer lo que los demás esperaban de mí, lo que hace una "señorita". Me esmeraba en ser buena estudiante, buena hija, buena hermana, buena novia. Me peinaba tal cual le gustaba a mi madre con esa coleta alta, procuraba estar bien vestida, con la postura correcta al sentarme, con la sonrisa perfecta, me mostraba callada, prudente, tragándome enojos, aguantando desilusiones, partiéndome en pedazos para juntar a otros, cumpliendo el papel que me dijeron que me correspondía.

Pero hoy abrí los ojos y encontré mi camino. Por fin entendí que sólo quiero que el viento me despeine por primera vez en la vida, así que deshago la coleta, esta vez sin pedir disculpas.

A veces

A veces no me siento valiente para enfrentar al mundo, a veces quisiera quedarme todo el día acurrucada en la cama. Pero entiendo que la vida está allá afuera y, si decidiera quedarme encerrada, esta habitación, más que un refugio, sería una jaula. Como sea, parece que nada puedo hacer cuando mis alas me juegan malas bromas y me arrojan al abismo. Me dejo caer, entonces, en picada, sin oponer resistencia. Hay una oscuridad que crece en mí y no hay canción, ni poema, ni sonrisa, que le dé sentido a mi vida.

Dos extraños

El corazón de Inés latía aceleradamente como si llevara dentro una parvada de pájaros que volaban en círculos, se sostenía con la mano derecha para evitar que su cara quedara pegada contra la puerta del vagón del metro, con la otra mano se arreglaba el traje gris que llevaba puesto mientras movía su cuerpo para esquivar a la gente que la empujaba y aplastaba sus pies descalzos. Aunque nunca le gustó ese aburrido uniforme de oficina, el no volver a usarlo le causaba ansiedad, no era un buen momento en su vida: esa mañana había sido despedida por recorte de personal. *¿Por qué hoy?*, se preguntaba, el mismo día que su novio decidió abandonarla, después de haber pasado más de ocho años juntos: "Hace mucho tiempo que esto terminó, hay que aceptarlo", fue lo último que le dijo Octavio por mensaje de voz. Debió presentir que esa relación no tenía futuro, Octavio en realidad nunca tuvo intenciones de casarse, ni jamás propuso vivir juntos, por muchos años Inés creyó que él tenía razón cuando decía que aún eran muy jóvenes: "Es preferible que cada uno se enfoque en su carrera, aún hay mucho que vivir individualmente".

Se habían conocido el primer día de universidad, desde entonces no se habían separado y ahora él pedía cada vez más distancia. En busca de su independencia, Inés había tomado malas decisiones financieras por agradar a Octavio, deseaba que se sintiera orgulloso de que había conseguido un buen trabajo, que tenía un automóvil del año y un departamento amueblado en una buena zona de la ciudad, pero nada de eso fue suficiente, pues él simplemente dijo adiós y ella se quedó endeudada.

Después de salir de la oficina de Recursos Humanos, Inés le había marcado insistentemente a Octavio en busca de un consuelo, pero él no atendió la llamada, en cambio se limitó a enviar ese mensaje de voz definitivo sin antes preguntarle siquiera si todo estaba bien, si necesitaba algo, sin ningún saludo previo. Inés se quedó paralizada, Octavio de un momento a otro se convirtió en un extraño en su vida. Se sintió tan sola, sin nadie a quién recurrir.

Tenía veintiséis años y sentía como si la vida hubiese terminado ahí, ¿qué camino debía seguir ahora? Naufragaba en la angustia de sus pensamientos cuando una explosión hizo frenar el vagón. No pudo evitar que su cabeza se golpeara contra el cristal de la puerta, el metro había quedado varado a medio túnel, en total oscuridad. El humo denso se dispersó provocando que le ardieran los ojos y se le dificultara respirar. Los niños comenzaron a llorar, unos hombres lograron abrir las puertas y poco a poco las personas fueron saliendo y echaron a correr por el túnel sin mirar atrás. Al final de éste los esperaba un guardia, el hombre alumbraba el camino con una linterna, les daba indicaciones para encontrar la salida. Inés caminaba con lentitud, como si no tuviese ganas de salir de ahí. Delante de ella iba un hombre de traje oscuro y corbata roja, con la pierna derecha sangrando, él se detuvo un instante para recargarse en la pared, no podía seguir el paso, Inés se acercó y le ofreció ayuda.

—Estoy bien. Sigue —dijo el hombre jadeando.

—No seas necio —le respondió Inés.

Ella rodeó la cintura del hombre, él cruzó una mano atrás del cuello de Inés para apoyarse. Él se aferraba por mantener los ojos abiertos. Conforme avanzaban Inés lo sentía más pesado, las piedras se le enterraban en la planta de los pies, perdía las fuerzas para continuar, en ese momento los paramédicos que ya habían llegado al lugar se acercaron a auxiliarla. A él lo llevaron inmediatamente a la salida, donde esperaban varias ambulancias.

—Tenemos que llevarla al hospital, señorita —insistió el paramédico dirigiéndose a ella.

—Por favor, sólo quiero irme a casa —sollozó. Todo le daba vueltas, se tocó el pecho con una mano y con la otra se sostuvo del brazo del joven paramédico. Repentinamente se desmayó.

Cuando Inés despertó se encontraba en una cama del hospital San José, el mismo en el que nació. Una enfermera se acercó para indicarle que todo estaba bien y pronto la darían de alta. En la cama contigua se encontraba el hombre al que había ayudado, él miraba detenidamente sus pies:

—Eras tú…

Inés no respondió nada, se dio media vuelta en la cama. En la pared, sobre una repisa, estaba el televisor encendido.

Él recordó todo con claridad. Ella vestía ese traje gris, resaltaba entre la multitud, su cabellera castaña le llegaba hasta la cintura y sus mejillas parecían tener un rubor natural, pero su mirada perdida no encajaba con su belleza exterior. En el túnel se escuchó el ruido del metro que se aproximaba, la mujer dio un par de pasos lentos, con la punta del pie derecho zafó el zapato izquierdo y con el pie descalzo repitió la acción para sacar el otro zapato, caminó hacia el borde, el hombre miró hacia el piso, percatándose de que ella había quedado descalza y, por instinto, la tomó del hombro y la jaló hacia él a unos segundos de que llegara el metro. El gentío se acercó para abordar, el vagón se detuvo frente a ellos y abrió las puertas, los empujones los arrastraron adentro e, inmediatamente, el tren cerró la puerta y se desplazó. Unos minutos después sucedió la explosión.

En el televisor, en las noticias se hablaba del accidente de la estación cinco: había dejado tres muertos y más de cincuenta heridos.

EN ESE MOMENTO NO LO ENTENDÍ ASÍ,
PERO CON EL TIEMPO ME DI CUENTA DE QUE
LA VERDAD ES HERMOSA, AUNQUE DUELA.
ERA PREFERIBLE SABER QUE NO ME AMABAS.

A VECES UNO NO SE RINDE POR EL MIEDO AL QUÉ DIRÁN.
PERO EL CORAZÓN GRITA CUANDO HA LLEGADO
EL MOMENTO DE ABANDONAR LA CONTIENDA.

Intermitente

Cuánto tiempo más puede resistir mi corazón a estos encuentros esporádicos, ya llevamos casi una década así, apareciendo y desapareciendo de mi vida, y cada vez que vuelves, cuando pienso que ya no te amo, me descubro queriéndote como nunca. Tú me miras con esos ojos que siempre me han fascinado, con la media sonrisa dibujada en el rostro, yo acaricio tu barba (cuánto me encanta) mientras me dices que me has extrañado y me abrazas, me besas, y me acurruco en tus brazos; estando ahí, tan cerca, escucho el latido de tu corazón. Sé que me quieres, lo noto en tu voz, en tu forma de acariciar mi rostro, en tu manera de confiarme tus miedos, tus secretos, te creo cuando me dices que me quieres a tu manera, pero esa manera tuya de amarme no puede comprometerse y quedarse para siempre.

He llegado a creer que el problema soy yo, que no soy la chica de tus sueños. En cambio, tú eres todo lo que quiero: contigo me divierto como pocas veces me lo permito, me sacas de mi vida cotidiana y me llevas por una noche a tu mundo y todo es baile, y todo es fiesta, y todo es risa, y acabamos en un motel de paso haciendo el amor toda la noche, una noche que no quiero que acabe, no quiero que amanezca, porque sé que cuando amanezca nos vamos a despedir con un beso en la mejilla, como los dos grandes amigos que decimos ser.

Y aquí estoy, de nuevo sola. Me has dejado en casa, te invité a pasar pero, como otras veces, me dices que prefieres ya irte a dormir a tu casa. Preparo café, pongo en Spotify mi *playlist* favorito y me acurruco en el sofá de la ventana para ver el amanecer. Definitivamente soy la chica más tonta que conozco. Qué tonta me veo, lo sé, dedicándote canciones que jamás escucharemos juntos, extrañando tus besos como si yo fuera la única en tu vida, como si tú fueras el único en mi vida. Qué tonta me veo sin poder soltar tu mano, qué tonta me veo por seguir disponible a pesar de los años. Porque sé que tú y yo no seremos algo más que dos amigos que se besan cuando están borrachos. Qué tonta me siento por quererte como te quiero, por seguir participando en este estúpido juego.

Jodido amor

Sahara

Le aventé el florero después de gritarle: "¡Lárgate de mi casa". Esperaba que Benjamín me contestara con un típico: "Estás loca", pero no, él no dijo nada. Esquivó el florero, me miró a los ojos y con resignación dio un suspiro, negó con la cabeza y se marchó. Yo me eché a llorar durante horas, me sentía aturdida, *la cagué*, me dije a mí misma, *la cagué*... Quería salir corriendo tras él y decirle: "Sí, güey, la cagué", pero aquellas dos palabras juntas no hubiesen ayudado en nada, sólo la habría cagado más.

Mi madre decidió llamarme Sahara, como el desierto. Soy la hija mayor. Roberto, al que por varios años creí mi padre, dejó a mamá por otra mujer cuando yo tenía cinco años; recuerdo el día que se fue, le dio un beso de despedida a mis hermanos y a mí ni siquiera me miró, mamá le gritaba maldiciones y aventó un vaso a la puerta justo cuando él salía, ella se tumbó en el sofá sin parar de llorar y en la cuna mis hermanos, que son gemelos, también lloraban, mientras yo los miraba a los tres confundida.

No volvimos a saber de Roberto durante un largo tiempo, hasta que mis hermanos cumplieron seis años. Mi tía Tila, para celebrarlos, se los llevó a comer hamburguesas. Los cabroncitos regresaron montados en sus respectivas bicicletas, en aquel momento yo tenía once años y no sabía andar en bici, porque, para empezar, ni siquiera tenía una. ¡Me dio un chingo de envidia! Lo peor fue descubrir a mi madre y a mi tía discutir porque resultó que aquellas bicicletas se las había comprado Roberto y encima de todo pasaron la tarde juntos. Él les enseñó a montar. Me preguntaba por qué Roberto a mí no me quería. Enfrenté a mi madre y al fin me dijo la verdad: Roberto no era mi padre.

El tipo que embarazó a mamá dijo llamarse Ernesto Padilla, lo conoció en una convención en Acapulco cuando ella tenía diecinueve años, era la primera vez que viajaba sola, trabajaba como secretaria en una empresa constructora. A la abuela casi le dio un infarto al ver que a su hija le crecía la panza y que del tal Ernesto Padilla no había ni una foto, ni un teléfono, ni siquiera conocían su segundo apellido.

—La escuincla se embarazó de un completo desconocido —dijo la abuela a su comadre.

Mamá se armó de valor y rentó un departamento, quiso convencerse de que no necesitaba de nadie para sacar adelante a su hija. Pero estando embarazada conoció a Roberto, del que fue fácil enamorarse por su buen porte y linda sonrisa. "Buen chico, muy formal", dijo la abuela cuando lo conoció. Así, antes de que yo naciera, mamá consiguió marido, lo que hizo muy feliz a la familia.

Tengo vagos recuerdos de Roberto, los años que vivimos juntos fue amable conmigo, aunque no lo suficiente como para ser un verdadero padre. Después de que ellos se separaron llegaron otros hombres a la vida de mamá, si duraban más de tres meses yo les pedía llamarlos papá, pero después de un rato se iban. Me quedé huérfana de padre más de veinte veces. Sólo deseaba tener una familia como la de los anuncios matutinos de los domingos. Un día me cansé de esperar que llegara un padre para mí, a los quince años decidí mandar al carajo mi fantasía. En esa época, en la televisión estaba de moda *Sex and the City*, todas mis amigas adoraban a Carrie Bradshaw, pero yo soñaba con ser como Samantha Jones, a quien en un capítulo le escuché decir: "No entiendo cómo has sobrevivido a esto del amor. Es una mierda".

Luis

Llevaba más de diez años trabajando en la agencia como vendedor de automóviles de lujo, no sé con certeza por qué, pero desde mi primer día de trabajo todos comenzaron a llamarme *el buen Luis*, desde el personal de intendencia, todas las secretarias, mis compañeros de área, los mecánicos, hasta mis jefes. En un principio les aclaraba que me dijeran sólo Luis, pero hacían caso omiso a mi petición. Quizá era mi aspecto bonachón: siempre vestía impecable, caminaba a paso lento, hablaba poco y nunca me reía de los chistes pesados que solían hacer mis compañeros.

Además de trabajar, mi pasión era correr todas las mañanas y solía meterme a alguna carrera los fines de semana. Fue en una de éstas donde conocí a Blanca.

—¡Vamos, Luis! ¡Tú puedes! —exclamó Blanca, justo antes de rebasarme y llegar en primer lugar a la meta.

Del desconcierto de que ella me hubiera hablado, y además supiera mi nombre, me quedé tan boquiabierto que bajé el ritmo y de ir en segundo lugar acabé en cuarto. Agotado por la carrera, me dirigí a uno de los módulos donde repartían agua, desde una banca en la acera de enfrente Blanca vino corriendo hacia mí.

—¿Es en serio? ¡Ibas en primer lugar y dejaste que todos esos te pasaran! —sus palabras sonaban serias, como un regaño, pero en su rostro tenía una sonrisa.

Le di un sorbo a mi botella de agua, en mi mente trataba de armar diferentes respuestas que no me hicieran sonar estúpido, entonces extendí la mano y me presenté.

—Hola, soy Luis.

—Ya lo sé, te veo en todas las carreras desde hace un año, sé que también me has mirado, pero nunca me saludas —dijo y estrechó mi mano—. Soy Blanca.

—Sí, ya te había visto pero siempre vienes con un chico, no había tenido oportunidad de saludarte.

—Ah, sí, con Coco, mi ex.

Caminamos a la banca donde antes ella estuvo sentada y nos quedamos ahí a platicar un rato. Antes de despedirnos acordamos ir a tomar un café al día siguiente.

Blanca era como un vencejo de vuelo imparable; era abogada, tenía su propia firma, corría todas las mañanas, estudiaba hebreo en línea, le gustaba cocinar platillos exóticos y hacía yoga en las noches. Los fines de semana comenzamos a viajar en carretera para conocer algún pueblo. Me convenció de tirarme de un paracaídas, volar en globo aerostático, hacer motocross y mudarme con ella al mes de estar saliendo.

No conocí a sus padres hasta unos meses después de estar viviendo juntos; cuando me presentó como un amigo me quedé confundido, me aguanté el coraje y al llegar a casa le reclamé, pero me pidió que me calmara.

—¿Un amigo? ¿Es en serio, Blanca? Necesito que definamos esto.

—Tranquilo, creo que estás tomando esto muy a pecho.

—¿Y cómo carajos se supone que debo tomarlo?

—Nos estamos conociendo y creo que sería muy apresurado ponerle un título a nuestra relación.

—¡Vivimos juntos desde hace seis meses! ¿Acaso esto es sólo un experimento?

—No quiero pelear, justo esto es lo que no quiero. Darle un nombre, novios, esposos, amantes, sólo provoca esto, y no es lo que quiero en mi vida —dijo, se dio media vuelta y azotó la puerta al salir del departamento.

Yo me quedé más confundido que nunca.

Blanca no regresó en dos días.

Sahara

Los días después del incidente con el florero, los pasaba mirando el teléfono, pinche Benjamín, no llamaba. Entonces decidí ser yo quien diera el primer paso. Me contestó inmediatamente.

—¿Cómo estás? —preguntó.

Odié su cordialidad.

—Estoy bien —respondí.

La verdad es que Benjamín y yo nunca fuimos compatibles, él es de silencios, yo de bullicios.

—Lamento todo lo ocurrido —me confesé.

—Yo también —dijo él.

—Lo mejor es que seamos sólo amigos, esto va muy rápido, ¿va? —sugerí.

—Va —respondió él.

Colgué y me solté a llorar. Su respuesta sencilla y directa se clavó como una espina en mi corazón. No era lo que quería escuchar, pero algo entre nosotros se había roto, me llenaba de rabia el pensar que la culpable podía ser yo.

A Benjamín lo conocí por Messenger. Soy asistente de Emma Casas, una escritora independiente de cuyos libros él pidió información a través de un mensaje de texto, luego hizo la compra y por WhatsApp dimos seguimiento al envío de su pedido. Pasamos unas semanas platicando casi todos los días, porque su paquete tuvo problemas de entrega. Cuando me confirmó de haberlo recibido pensé que ya no volvería a saber de él, pero una mañana me escribió para saludar y me pidió mi WhatsApp personal, se lo di de inmediato y ahí empezó nuestra amistad. Él vivía en Puebla y yo en Monterrey. Varios meses después me confesó que estaba enamorado y admití que yo también.

—Quisiera estar contigo, conocerte más, abrazarte, darte un beso. Me doy cuenta de que eres esa persona que he esperado toda mi vida.

Sus palabras me parecieron sinceras, llegué a creer que él también era ese hombre que había esperado toda mi vida. Me acercaba a los treinta y cinco y temía que mi oportunidad de encontrar el amor, de formar una familia, se me pasara como quien pierde un vuelo y ya no tiene dinero para comprar otro boleto, pero no comprendí en ese momento que mi desesperación nada tenía que ver con el amor. Cuando no se tiene amor propio uno se sujeta a la más mínima muestra de afecto y cae en esas relaciones tóxicas que no hacen más que romper el alma.

Luis

Recibí un mensaje de Blanca avisándome que estaba bien, que no me preocupara. Seguí en mi trabajo, aunque era imposible concentrarme. No sabía qué hacer, si tendría que mudarme, pero sobre todo qué iba a pasar con Blanca, me preguntaba si ya habíamos terminado, me preguntaba si en realidad alguna vez empezamos algo. Hasta que por fin me llamó.

Nos reunimos en una cafetería. Llegué primero y busqué una mesa en la terraza, le pedí al mesero un café negro con licor Frangelico. En el rincón, una chica con un vestido blanco parecía esperar a alguien, miraba el celular a ratos, después volvía a su lectura, leía el libro *Pájaros a punto de volar* de Patricia Highsmith.

—Se me hizo tarde, disculpa, esa maldita junta se prolongó —dijo Blanca al acercarse.

Me paré a abrirle la silla para que se sentara.

El mesero llegó con mi café, ella sólo pidió un vaso de agua, parecía que llevaba prisa, miraba su reloj.

—Bien, pues, ¿cómo has estado? —preguntó como si fuera un conocido que se encuentra de pronto por la calle.

—Bien, ¿y tú?

El mesero regresó con el vaso de agua. Blanca movió el vaso a un lado, después al otro, por fin soltó lo que en realidad tenía que decirme:

—Me di un tiempo para pensar en todo esto y llegué a la conclusión de que no somos el uno para el otro. Lo mejor es separarnos.

—Entiendo —respondí.

Sabía que en el fondo ella tenía razón, aferrarme a lo contrario sólo terminaría por acabarme más de lo que ya estaba.

—Me iré unos días con una amiga, para que puedas dejar el departamento. Cuando te vayas deja la llave de la entrada en la mesita y cierra bien la puerta, yo le diré al portero que se encargue de ponerle llave.

—Sí, así será, de todos modos, te mando mensaje cuando ya esté fuera.

—Gracias —dijo.

En su rostro se dibujó una sonrisa condescendiente, miró nuevamente su reloj. No bebió ni una gota del vaso de agua.

—Me tengo que ir.

La despedida fue tan efímera como la relación.

Sahara

Benjamín insinuó más de una vez lo lindo que sería que yo viviera en Puebla; hablé con Emma, tenía cinco años trabajando con ella, me quería mucho y le gustaba mi trabajo, tanto como para darme la confianza de trabajar a distancia. En un principio la noticia puso feliz a Benjamín, pero una semana antes del viaje se comportó distante, lo justifiqué pensando que tenía mucho trabajo y que todo cambiaría en cuanto yo llegara a Puebla.

Sólo que al llegar no le faltaron excusas para no ir por mí al aeropuerto. Rápidamente me instalé en la ciudad. Renté un pequeño departamento amueblado en el centro, que ya había visto en internet. De Benjamín no supe nada por unos días. Cuando por fin hablamos me dijo que entre el trabajo y la maestría se le estaba complicando, pero que el fin de semana podríamos vernos para que me entregara las cosas que le había enviado por paquetería para evitar el sobreequipaje en el avión. No hubo ni un te quiero, ni un beso, ni un te extraño, ni un solo indicio de amor.

Ese sábado me pidió que nos viéramos en una cafetería que quedaba a unas calles de mi casa. Me puse un lindo vestido blanco, me levanté el cabello en una coleta alta, me pinté los labios de rojo. Lo esperé por dos horas, me bebí cuatro cafés americanos, intentaba leer el libro *Pájaros a punto de volar*, que me había obsequiado Emma antes de mi viaje, pero me resultó imposible concentrarme, revisaba constantemente mi celular esperando una llamada o un mensaje de Benjamín. Él no llegó.

"Sahara, te trajeron un paquete, ya lo subió mi esposo", dijo la administradora del edificio al verme llegar. Al abrir la puerta, encontré la enorme caja en medio de la sala, la misma que yo le había enviado a Benjamín y que se suponía que él me iba a entregar personalmente. Consternada, me senté en la orilla de la cama, me aguanté las ganas de llorar, tomé el celular y le marqué.

—Hola, Sahara. ¿Cómo estás?

—Para ser sincera estoy muy confundida, te estuve esperando en la cafetería… y llego a casa y encuentro mis cosas. ¡Las enviaste por mensajería! —grité sin poder contener el dolor que su indiferencia me causaba.

—Lo sé, discúlpame, no es buen momento para mí. No quiero hacerte perder el tiempo —dijo.

—¡Qué imbécil eres! —grité una y otra vez.

Él terminó la llamada. Me acosté en la cama, abracé la almohada y lloré toda la tarde.

Los días siguientes hablamos casi diario, le rogaba que nos viéramos, necesitaba que me diera la cara. A regañadientes aceptó verme, sólo para confirmarme que su decisión era definitiva. No pude controlar el llanto, imaginé una vida con él, le confie mi amor, me sentía traicionada.

—¿Todo fue un juego? —pregunté.

—No fue un juego, en su momento fue real. Algo pasó, no sé qué, perdí el interés.

—¡Lárgate de mi casa! —grité.

Tomé el florero de la mesa y sin pensarlo dos veces se lo avento.

Pasaron un par de días hasta que al fin me sentí tranquila. Los últimos días habían sido grises y no quería hablar con nadie; le había pedido a Emma un tiempo para descansar. Esa mañana, más serena, le marqué a Emma y le conté todo lo sucedido.

—Lo lamento tanto, Sahara. No es tu culpa, nadie podría imaginar que Benjamín actuaría de esa manera tan ruin.

—Eso trato de decirme, que no es mi culpa. Todos los días me miro en el espejo y me digo: mañana será un día mejor, mañana será un día mejor. Este dolor pasará.

—Sanará tu corazón. Lo prometo. Quisiera estar ahí para abrazarte.

—Muchas gracias, Emma, yo sé que puedo contar contigo. Y tú también puedes contar conmigo. ¿Sabes?, he pensado en quedarme aquí un tiempo, no quiero volver a Monterrey por ahora.

—Si no estás lista para regresar a Monterrey, entonces no vuelvas. Te voy a decir lo que me dijo mi madre cuando mi primer novio terminó conmigo. Esa tarde llegué a casa deshecha, mi madre me secó las lágrimas, me acarició el rostro y me dijo: "Si te rompieron el corazón, es momento de ver dentro de esas grietas y rescatar todo el amor que aún queda. Ese amor sólo te pertenece a ti, no lo regales a quien no lo merece".

Después de hablar con Emma fui a caminar al zócalo, el cielo se teñía de naranja, el aire helado hacía que mis mejillas se pusieran sonrojadas, me senté en una banca debajo de un gran árbol, saqué del bolso el libro de Patricia Highsmith que aún no terminaba y cuando me disponía a leer una paloma que estaba posada en una rama dejó caer sobre mi cabeza su mierda. Un chico que pasaba se sonrío conmigo al tiempo que sacaba de la bolsa trasera de su pantalón un pañuelo:

—En Italia eso es de buena suerte —dijo al ofrecerme el pañuelo—. Mucho gusto, me llamo Luis.

—Sahara, como el desierto —acepté el pañuelo y le devolví la sonrisa.

Me voy

—¿Te vas a ir con Donato? —le preguntó él con la voz entrecortada.

Ella no paraba de sollozar. Quería gritarle que la dejara ir, pero no la detenía sólo el miedo, también estaba consciente de que ése era el fin y ya no había marcha atrás.

Lo amó tanto que le dio años de su juventud y toda su pasión. Aunque él también decía amarla, su amor era violento, asfixiante, controlador. Donato en cambio era dulce, amable, amoroso, fue fácil enamorarse de él y más fácil decidir terminar la relación que tanto dolor le había causado. Ella estaba perdida en estos pensamientos, con las lágrimas escurriendo por su pálido rostro, ajena al silencio que se hizo y que él interpretó, sin equivocarse, como un *sí, me voy*.

—¡Maldita ramera! —escupió las palabras que tanto se repetían en su mente los últimos días.

Él no podía entender cómo había llegado a engañarlo si siempre le dio todo. La aborrecía, la odiaba como nunca odió a nadie en la vida, quería sacudirla, aventarla contra la pared y gritarle una vez más: "¡Maldita ramera!, ¿por qué me traicionas así?". Cubrió su rostro enrojecido con sus manos y ya no pudo contener el llanto, se hincó ante ella y le preguntó:

—¿Se acabó?

—Sí —respondió ella secándose las lágrimas y salió de la habitación.

Maritza

Si, como dicen, nada dura para siempre, mi mejor amiga es esa *nada*. Recuerdo nuestra primera borrachera, teníamos diecisiete años, nos robamos unas botellas de vino de la cocina y nos encerramos en mi habitación a escuchar música y bailar toda la noche hasta quedarnos dormidas. Sólo ella me sigue en mis locuras. Al día siguiente fue inevitable la resaca y el regaño de mi mamá al darse cuenta de lo sucedido.

La primera vez que me rompieron el corazón, ella llegó inmediatamente para abrazarme y repararlo. También la segunda, después la tercera y la cuarta, incluso hoy ella sigue aquí a mi lado con la Kola Loka en la mano, lista para pegar los pedazos de mi corazón cada vez que alguien lo destroza.

Cuando éramos jóvenes, pasábamos horas interminables después de clases charlando por teléfono.

—¿¡No se cansan de platicar ustedes dos!? —exclamaba mamá desde la cocina.

—¡No! —respondía riendo.

Conforme los años pasaron, la vida nos llevó por diferentes caminos, cada día más distantes. De repente parecía que habíamos cambiado, en algún momento sentí que la perdía, pero ella volvió y me dijo que no se iría nunca. Ni la distancia, ni el tiempo podían romper nuestro lazo.

Ahora, cada una vive su vida, en apariencia somos distintas, pero a pesar de todo lo que nos separa nadie me conoce como ella y a ella nadie la conoce como yo. Me entiende, me apoya, me regaña cuando es necesario, me aconseja y cuando necesito que sólo me escuche se queda a mi lado callada. Yo sé que, aunque esté del otro lado del mundo, si yo la necesito, Maritza vendrá a rescatarme.

El problema de las mujeres

—El problema de las mujeres es que cuando encuentran un buen hombre no saben qué hacer con él —dijo Jonás y le dio un sorbo a su cerveza. Estaba sentado en la barra de un bar con su mejor amigo.

—Ellas se justifican diciendo que… —agregó Braulio con una voz que pretendía imitar la de una mujer— "todos los hombres son iguales".

—Yo creo que siempre buscan el mismo patrón de chicos, no se dan la oportunidad de salir de ese círculo vicioso de relaciones conflictivas. Entonces, cuando te acercas a ellas con las mejores intenciones te alejan o, peor aún, te dejan sólo como amigo.

—Amigo, trátalas mal, eso les gusta —aconsejó Braulio y le puso una mano en el hombro—, ignóralas, recházalas. Sólo sexo, no te comprometas y verás cómo vuelven una y otra vez.

—Yo no podría hacerle eso a Liz, yo de verdad la amo —respondió Jonás.

—Pero ella te quiere *sólo como amigo* —dijo sarcásticamente Braulio.

Razones para decir adiós

Estoy buscando una sola razón para quedarme, pero no la encuentro. Al final los dos nos rendimos. Luchamos juntos, luchamos separados, luchamos todos los días por continuar unidos, por una promesa, por demostrarle al destino que no se había equivocado con nuestro encuentro, porque juntos a veces funcionábamos como un gran equipo, porque muchas veces me ayudaste a no ahogarme, porque otras veces reparaste mis alas y me impulsaste a continuar el vuelo. Y yo creo —al menos eso quiero pensar— que correspondí igual en todo momento. Pero nada de eso fue suficiente para construir una vida juntos, así como tanto nos quisimos también llegamos a odiarnos en las situaciones más absurdas.

No puedo quedarme, necesito sanar estas heridas. Ya me cansé de perseguirte con mis miedos, de acusarte de mis penas, de no encontrar paz contigo. Y como dice aquella canción, no es falta de cariño, te quiero con el alma. Siempre voy a desearte lo mejor, pero, amor mío, tú y yo nos convertimos en una bomba de tiempo que en cualquier minuto explota. Nunca hubo grises entre nosotros, todo era blanco o negro, amor intenso u odio, y ya mi alma y mi cuerpo se han agotado de luchar, me harté de tantos pleitos y tantos gritos que terminan en un abrazo y en un "podemos volver a empezar".

Hay que admitir que el tiempo que estuvimos juntos fue de aprendizaje, pero también que es momento de que cada uno resuelva sus problemas solo. Quizá más adelante estemos listos para amar como debe ser el amor, un amparo, cobijo, paz... aunque ya no sea juntos.

HAY AMORES TAN BREVES COMO INOLVIDABLES,
TÚ ERES DE ÉSOS. ERES ESE HUBIERA QUE TODOS
TENEMOS GUARDADO EN EL CORAZÓN.

La chica del hula-hula

A Espíritu Caminante (Mildred Hidalgo)

El reloj del palacio de gobierno marcó las seis de la tarde. Los abogados terminaban su jornada laboral, afuera algunos se detenían a despedirse y hablar de trivialidades, otros seguían hablando de trabajo. Carlos solía irse inmediatamente, después del trabajo le gustaba ir a nadar, olvidar por un momento su agobiante rutina, su vida siempre en automático, entre deberes laborales y sociales que lo hartaban.

Frente al palacio de gobierno se extendía una explanada que era el punto de encuentro de artesanos y artistas urbanos, de novios que paseaban para compartir un helado, de familias que llevaban a los niños a jugar en las fuentes danzantes y también de la chica del hula-hula que llegaba todos los días a esa hora montada en una vieja bicicleta verde. La joven tenía el cabello castaño, largo hasta la cintura, siempre despeinada y sonriente. Esa tarde un colega entretuvo a Carlos, charlaban algo del trabajo cuando una peculiar risa lo distrajo y fue entonces que notó la presencia de la chica del hula-hula. Carlos nunca se había detenido a observar a la gente en la plaza, pero esa tarde la risa de aquella desconocida parecía el canto de una sirena que lo había hipnotizado, se preguntó quién era, cómo se llamaba, pero no encontró un pretexto adecuado para acercarse.

La chica se desmontó de su bicicleta, solía usar cortos vestidos floreados que dejaban ver sus largas y torneadas piernas. Sonriendo, se acercó a los artesanos que estaban en el suelo sobre mantas de colores, quienes al verla llegar se levantaron para saludarla con un par de besos en la mejilla y efusivos abrazos. Carlos los envidió por tenerla cerca, por rozar con sus manos su esbelta espalda, se imaginó su aroma quizá a rosa silvestre o a rocío de la mañana. Ella colocó en el estéreo un CD de Lindsey Stirling y la gente comenzó a acomodarse a su alrededor; como cada tarde, de seis a siete, la chica del hula-hula daría su espectáculo.

—Me tengo que ir, mañana revisamos el caso —dijo el colega de Carlos.

—De acuerdo —respondió Carlos con desinterés, mientras su mirada seguía cada movimiento de la chica.

—¿Te vas a quedar? —preguntó intrigado el colega, al ver que Carlos no se movía.

El reloj apenas marcaba las 6:10 p. m. La chica con su hula-hula comenzó el calentamiento previo a la rutina.

—No, claro que no —respondió Carlos—. Vamos —indicó. Y caminaron juntos hacia el estacionamiento subterráneo, dejando atrás el bullicio de un mundo al que no pertenecían.

A tientas

Quería llamarle y decirle cuánto la extraño. Habían pasado varios meses desde la última vez que besé sus labios. Pero no podía exigirle que estuviera presente en estos momentos donde el mundo se me cae a pedazos. Trato de explicarle a mi corazón que la vida es efímera y hay que aprovecharla. No vale la pena dejar que se te vayan todos los suspiros pasando noches en vela, pensando en alguien que no te piensa, que no te extraña, que no demuestra ni un poco de amor. Y sé que es injusto reprocharle su ausencia, el acuerdo fue no enamorarse y yo acepté, no lo niego. Acepté no saber su color favorito, no conocer a su madre, no hablar de su pasado, no agregarnos en redes sociales y nunca quedarme a dormir en su casa; ésas fueron sus reglas y yo las acaté sin hacer preguntas, sin hacer una contrapropuesta.

Me quedé enganchado a ella desde esa tarde que la vi en la biblioteca, leía en un rincón un libro de John Fante.

—Hola, disculpa que te interrumpa, llevo meses esperando ese libro, sólo hay dos en existencia y estoy muy interesado en él. ¿Lo acabas de encontrar?

Me sonrió, en los labios llevaba su bálsamo color melón que tanto le encantaba y que resalta su piel canela; alzó el libro como preguntando si me refería a ese que leía o a los otros que tenía en la mesa y por un segundo se mordió el labio inferior, ese pequeño tic que puede pasar desapercibido para otros, ya que dura sólo un instante, y que no tiene por fin seducir pues, de hecho, a veces ni siquiera nota que lo hace.

—¿Te refieres a Fante?

—Sí, a Fante. ¿Lo acabas de encontrar?

—Esto es curioso, porque yo también llevo meses persiguiendo este libro. Y hoy por fin lo encuentro y tú vienes a pelear por eso —dijo con la sonrisa que no desaparecía de su rostro, en sus mejillas se hacían unos huequitos. Acomodó un mechón de cabello detrás de su oreja, ese cabello tan rebelde como ella, alborotado, que cuando caminaba se transformaba en una danza de rizos al viento. Siempre usaba una pañoleta a modo de diadema para que su cabello no estorbara en su cara, pero a éste, igual que a ella, nada lo controlaba.

—Claro que no estoy peleando, pero quisiera saber si hay manera de que me avises cuando ya lo vayas a entregar —me senté a su lado.

—Puede ser, sí, puede que te avise, aunque debería recibir algo a cambio. ¿No crees?

—¿Algo como qué?

—Podrías invitarme un café. O, no sé, ¿tal vez a comer sushi?

—Es un trato el sushi. ¿Cuándo te veo?

—Ya nos estamos viendo ahorita. ¿Cómo que cuándo?

Solté un *ja. Aparte de linda, sarcástica,* pensé.

—Pues sí, ¿por qué otro día?, si puede ser ahora mismo, además ya muero de hambre.

—Entonces que sea hoy —di una palmadita en la mesa y de inmediato los otros lectores de la sala emitieron casi al unísono un *shhh* para callarme.

—Silencio, por favor, no se le olvide que está en una biblioteca, joven —dijo ella en tono serio, imitando la voz de la señora

Patricia, la encargada de la biblioteca. Se paró, metió sus cosas en la mochila—. ¡Vámonos!, antes de que nos corran por ruidosos.

—Por cierto, soy Pedro.

—Creo que el saludo iba al principio, Pedro, antes de buscar pleito por el libro —extendió su mano, alzó la ceja izquierda y mordió su labio inferior—. Soy Tamar.

—Mucho gusto, Tamar —estoy seguro de que después de decir su nombre se me escapó un suspiro.

Después del sushi me preguntó si quería ir a beber unas cervezas a su casa. Sin pensarlo le dije que sí.

—Pero vivo en San Cris. ¿Quieres ir?

San Cristóbal de las Casas es un pueblo que queda a una hora de la capital de Chiapas y, aunque el pasaje no es muy caro, esa tarde ya llevaba gastado lo de la despensa de una semana. A pesar de eso fui. Ella me resultaba tan interesante que deseaba pasar todo el tiempo posible a su lado.

—¿San Cris? ¿Quién no aceptaría una invitación a San Cris?

Tamar se ofreció a pagar el pasaje. Durante el camino se quedó dormida recargada en mi hombro, yo miraba por la ventana el paisaje. Conforme nos acercábamos al pueblo el aire se sentía más frío. Qué curioso es el mundo, kilómetros atrás estábamos en una ciudad atascada de carros, de vendedores ambulantes, con el asfalto hirviendo, y después estábamos a punto de llegar a un pueblito rodeado de montañas.

La casa de Tamar estaba en la zona centro, muy cerca de la terminal. Rentaba un cuarto en la azotea de una cafetería. Subimos por unas escaleras de caracol, el techo estaba lleno de plantas y flores, una pequeña lona cubría un espacio para hacer sombra, debajo un sofá improvisado con tarimas de madera reciclada. El cuarto era una sola pieza, apenas entraba la cama individual, con un armario incrustado en la cabecera. Tenía una mesa de madera con su silla, que usaba como escritorio, y a un lado un frigobar. El lugar se iluminaba con los rayos del sol que entraban sigilosos a través de una enorme ventana cubierta por una cortina blanca, casi transparente. El baño estaba en una esquina, tan reducido que sólo cabía una persona en la regadera.

Tamar sacó una caguama del frigobar.

—No tengo vasos, te los debo.

—No te preocupes, tomamos del pico —dije.

Tiré mi mochila en el suelo y la seguí a la terraza. Teníamos una vista maravillosa de la ciudad. En mi celular puse música de Woody Guthrie. El atardecer llegó despacio. Quise saber un poco sobre ella, pero de inmediato me dijo que no quería dar su biografía, que eso le resultaba muy aburrido. Llevó la conversación por otro rumbo, hablamos de libros, de música, de películas y por momentos nos quedamos callados contemplando los últimos rayos del sol.

—Busca "Non te ne andare", de Jimmy Fontana —pidió.

Y en cuanto la puse se paró a bailar, seguía la canción con sus palmas, cantaba a la perfección esa canción italiana. Extendió sus manos invitándome a seguirla, me levanté del asiento, con la mano derecha la tomé de la cintura y con la izquierda agarré su mano derecha, dimos un par de vueltas, ella cantaba la canción en mi oído: *Dimmi cosa farai quando t'accorgerai che le ore più belle eran quelle che tu passavi con me.*

Al terminar la canción me dio un beso, le correspondí, sin dejar de besarnos nos dirigimos a la cama, ella se subió sobre mí, entre caricias se quitó el vestido, me sacó el cinturón, el pantalón y así toda la ropa hasta quedar completamente desnudos. Nos metimos debajo de las sábanas. Hacer el amor con Tamar fue conocer la eternidad.

Nos quedamos un rato abrazados, en el techo estaban pegadas muchas postales de diferentes ciudades tanto de México como del mundo, no me atreví a preguntarle si conocía todos esos lugares, tampoco le pregunté si tenía novio, supuse que no… quería creer que no.

—No es que te corra, pero ya se va a hacer tarde y está por salir el último autobús para Tuxtla.

—Cierto, ya es tarde —me intenté parar, ella puso su mano en mi pecho y se acercó para darme otro beso. Mientras me vestía no pude evitar preguntar—: ¿Cómo vienes en Facebook?

—No tengo Facebook, ni Instagram, ni nada de eso.

—Ah, entiendo. Eres *vintage*.

Sonrió, también se levantó de la cama y se puso el vestido.

—Yo te llamo cuando vaya a entregar el libro. ¿Cuál es tu número?

—¿Ni WhatsApp? —pregunté intrigado.

—Traigo este cacahuatito —de su mochila sacó un teléfono básico—. Anota tu número —extendió su mano para darme el teléfono, lo recibí y registré mi número.

—Entonces, tú me llamas.

—Yo te llamo —dijo y después me dio un beso.

Salí del cuarto, Tamar cerró la puerta, ni siquiera me acompañó a la calle.

Pensé que no volvería a verla, pero un mes después me llamó, ya iba a entregar el libro. Nos vimos en la entrada de la biblioteca.

—¡Ey, guapo! —exclamó. Me sorprendió por la espalda, me volví para encontrarme con su rostro, se paró de puntillas y me besó en la comisura de los labios—. Ya quería verte.

—Yo también.

Me acostumbré a no preguntar nada que ella no quisiera decir. Nos veíamos por días consecutivos y a veces pasaba semanas sin saber de ella. Aunque ya tenía su número de teléfono pensé que lo mejor sería seguir su ritmo. En algunos de los encuentros, cuando le daba la noche en la ciudad, se quedaba a dormir en mi departamento y se iba al día siguiente muy temprano. Yo por mi parte nunca tuve permitido quedarme en su casa, el pretexto que ponía era el tamaño de la cama. Tamar me dejó muy claro algo: no debíamos enamorarnos. Ella daba clases de italiano tres veces a la semana, en un centro de idiomas, y también trabajaba de manera independiente para una editorial italiana haciendo traducciones. Decía que su paso por San Cristóbal era temporal, su plan de vida era viajar por Italia y escribir un libro. A los veintidós años todo parece posible y yo no podía hacer otra cosa más que alentarla y decirle que, por supuesto, lograría todo eso y mucho más. Por mi parte me acercaba a los treinta, trabajaba sirviendo cocteles en un bar, leía mucho, pasaba más de seis horas diarias en la biblioteca y escribía una novela, aunque no tenía intenciones de publicar. En mis veinte fui un soñador, asistí a todos los eventos culturales, escribía en revistas independientes, participé en todos los concursos literarios que encontraba, hasta que me cansé de ese mundillo donde si no tienes un padrino es difícil sobresalir, así que me alejé de todo, me quedé sólo con los libros, para mí ahí estaba el verdadero valor, en las historias, en los grandes autores, todo lo demás era farándula. No tenía nada que ofrecerle a Tamar y ella no pedía nada. Podíamos pasar un sábado en la azotea, mirando las estrellas, leyendo algún libro, bebiendo una caguama, no necesitábamos nada más.

Un año después de conocer a Tamar, una pandemia cambió el mundo. Al principio la noticia parecía algo increíble, algo lejano, pero el caos también llegó a mi ciudad. Fueron cerrando paulatinamente algunos lugares en el orden de lo prescindible. Me quedé sin trabajo casi de inmediato, cerraron el bar donde trabajaba y nos enviaron a casa sin goce de sueldo. Tenía que ingeniármelas para administrar los pocos ahorros que me quedaban, le rogué al casero que me esperara con los pagos de la renta hasta que todo pasara, porque no perdía la esperanza de que todo volvería a la normalidad.

Entre todo el desastre de la situación, el temor de lo que estaba por venir y las abrumantes noticias, no dejaba de pensar en Tamar, quería escuchar su voz, preguntarle cómo la estaba pasando, al final me ganó el miedo de que me dijera que ya se había ido de Chiapas o que estaba con alguien más.

Una tarde me quedé dormido con el televisor prendido hasta que un ruidito incesante me despertó. Contra la ventana chocaban piedritas, abrí para asomarme a la calle: ahí estaba Tamar. Por el cubrebocas no podía ver su sonrisa, pero me la imaginaba, en las manos llevaba una bolsa de papel, con pan, queso y otras cosas que desde arriba no alcanzaba a ver.

—¿Me vas a abrir o qué? —gritó.

—¡Ahorita bajo! —respondí, me puse de inmediato los pantalones, una sudadera, me coloqué un cubrebocas y bajé corriendo las escaleras.

—No sirve el timbre —dijo.

—Lo sé, ahorita parece que todo va de mal en peor.

—Sobreviviremos —añadió.

La ayudé con las cosas que traía y llegamos al departamento. Después de la rutina que indicaban los medios —lavado de manos, una ducha y mucho gel antibacterial—, le presté una piyama para que se pusiera cómoda. Nos metimos a la cocina a preparar baguettes de jamón serrano con queso manchego y abrimos la botella de vino que también había traído ella. La cena me supo a gloria, ya estaba harto de las sopas instantáneas. Nos pusimos al día, me platicó que estaba dando clases de italiano en línea y le estaba yendo bien, yo le hablé de mi desempleo y que buscaría un nuevo trabajo tan pronto hubiera oportunidad. Finalmente quise tocar el tema de nosotros.

—No te llamé porque…

—Los dos sabemos bien el porqué —me interrumpió—. Pedro, he pasado estas semanas sola, encerrada en ese cuarto de azotea, pensando en ti, en nosotros, en todo lo que está pasando en el mundo, en lo efímero de la vida. Ya no quiero seguir así, claro, si tú quisieras… darnos una oportunidad. Una oportunidad bien, sin misterios, sin juegos… Pedro, te quiero.

—Y yo te quiero a ti, Tamar. Y sí, sí quiero una oportunidad para nosotros.

Me acerqué para tomar su rostro entre mis manos y nos besamos como si el mundo se fuera a acabar esa misma noche.

Junto a ella ya no importaba que el futuro fuese una vislumbre.

Tuit a medianoche

Quizá Julieta estaba tan acostumbrada a las rupturas amorosas que ya tenía una rutina establecida para superarlas: una botella de vino Malbec argentino, trozos de chocolate amargo y un libro. El lugar donde encontraba todo aquello que le hacía falta para esa noche helada de diciembre estaba ubicado en la avenida Eugenio Garza Sada. Entró al Sanborns y fue directo al restaurante, pidió una botella de vino para llevar, la cual le dieron en una bolsa de papel con el logotipo de la empresa. Solía guardar esas bolsas en el último cajón de su ropero, era una coleccionista de amores improbables y esas bolsas de papel le recordaban todas las relaciones fallidas, todas las veces que prometió no volver a enamorarse.

La vendedora de la chocolatería ya la conocía y, sin preguntar nada y sonriendo, le entregó una caja de sus chocolates favoritos.

—¡Feliz Navidad! —exclamó la vendedora.

—Feliz Navidad —respondió Julieta. Una breve sonrisa se delineó en su rostro.

Pagó la cuenta y se dirigió al área de libros y revistas. Para ocasiones como ésas, en las que se sentía desilusionada, le gustaba leer novelas con finales felices, de ésos predecibles y poco realistas, de ésos que jamás le sucederían a ella. Mientras caminaba por las estanterías de libros vio un título que desde hacía tiempo le llamaba la atención: *El lado absurdo de la vida*, un libro que estuvo de moda entre sus contactos de redes sociales y que, a pesar de no ser lo que acostumbraba leer, le despertaba curiosidad. Era una recopilación de artículos de un famoso escritor que con acidez criticaba la condición humana y la falta de criterio. Leyó en la contraportada que el escritor, Arturo Argenis, publicaba en importantes periódicos del país y que era de nacionalidad mexicana, pero vivía en Japón.

—Es el último ejemplar que nos queda —mencionó el vendedor.

—Bien, me lo llevo.

Julieta aspiraba a convertirse en novelista, trabajaba como mesera en un restaurante de comida japonesa y, como muchas personas, era adicta a las redes sociales. A veces sentía que ahí era el único lugar donde lograba conectarse con la gente, pues en persona era reservada y tímida. Tomó una foto al libro y la mandó directo a Twitter:

@SoyJulieta: ¡Al fin tengo *El lado absurdo de la vida*!
Ya tenía muchas ganas de leer a @ArturoArgenis.

Esa tarde estaba libre, por lo que llegó directo a casa, se sirvió una copa de vino y se acurrucó en el sofá para sumergirse en las letras de Argenis. Antes de medianoche ya estaba en la cama, con la piyama de Snoopy puesta, sólo la alumbraba la lámpara de su buró, el resto del departamento se encontraba en total oscuridad. Seguía leyendo el libro de Argenis, su manera de escribir la había atrapado. Comenzó a leer en voz alta y una conexión mística entre el autor y ella se encendió. Argenis de pronto apareció ataviado en una piyama de franela gris, en la mano sostenía una taza con té de frutos rojos, se sentó junto a Julieta, ella no podía verlo, pero sí sentía su presencia. Leer a Argenis era como tenerlo a su lado explicándole cada capítulo del libro, así empezó la charla imaginaria que se prolongó hasta la madrugada. Julieta se quedó dormida en el hombro de aquel escritor que, aun sin conocerlo en persona, ya le hacía compañía. El móvil timbró por una notificación de Twitter, pero ella no despertó y Argenis se difuminó lentamente mientras ella continuó acurrucada, abrazando una almohada.

Por las mañanas, antes de ir a trabajar, Julieta se apegaba a su rutina diaria: dos tazas de café mientras leía el periódico, únicamente le interesaban dos secciones, cultura y deportes; posteriormente, prender la *tablet* y checar las notificaciones de las redes sociales, siempre en este orden: Blogspot, Facebook, Instagram, Pinterest y Twitter. Esa mañana Julieta se emocionó al ver que en Twitter Argenis le había respondido y además él le había dado "seguir":

> @ArturoArgenis: Gracias por leerme @SoyJulieta.
> Me platicas qué te parece mi libro.

El trayecto de su casa al trabajo era largo, alrededor de una hora, así que aprovechó ese tiempo para continuar su lectura. Los artículos de Argenis eran tan amenos como estar charlando frente a frente con él, de alguna manera la dejaba pensando, era como un juego de vóleibol donde Argenis aventaba la pelota y del otro lado de la cancha ella la recibía. No siempre eran compañeros de equipo, en varias ocasiones se descubrió objetando al autor, pero le gustaba la forma en la que esa lectura la hacía reflexionar sobre temas de interés general, educación, política, religión y cultura. Como en su habitación, durante el trayecto en el metro también Argenis la estaba acompañando; él, al igual que Julieta, estaba bien abrigado con gabardina y bufanda al cuello. Iban charlando con el sarcasmo que le caracterizaba y Julieta, ensimismada, sostenía el libro sonriendo por la elocuencia con la que se expresaba el escritor. Por un momento él calló, se vio interrumpido justo cuando platicaba una anécdota de aquella época en la que fue profesor de español en Sapporo, pues en ese instante Julieta giró el libro para ver la contraportada y observar detenidamente el aspecto de Argenis: en su cabello ya había algunas canas (le calculó cuarenta y tantos años), tenía los ojos negros, redondos y grandes. Una señora robusta llamó la atención de Julieta, provocando que ésta apartara la vista de la foto:

—¿Puedo? —pidió permiso la señora para sentarse junto a ella.

—¡Claro! —exclamó Julieta y Arturo se desvaneció al mismo tiempo que la señora ocupó el asiento en el que iba él.

Los días siguientes, en sus redes sociales, Julieta compartió fragmentos de *El lado absurdo de la vida*. A la mitad del libro, sin embargo, sus vacaciones del trabajo llegaron y con ellas una lluvia de ideas para la novela que tenía inconclusa desde el verano. Decidió entonces encender la computadora y escribió por horas, por días y por semanas, hasta que el Doodle del buscador de Google le anunció que en un par de horas llegaría el nuevo año.

Exactamente a medianoche de año viejo recibió a través de Twitter un MD que dio inicio a una conversación:

@ArturoArgenis: Feliz año nuevo, aquí ya es 2 de enero.

@SoyJulieta: Entonces eres del futuro...

@ArturoArgenis: Como Dr. Who. ¿Terminaste de leer mi libro o te aburrió?

@SoyJulieta: Aún no lo termino. Voy a la mitad. También escribo, aunque lo mío son novelas, acabo de concluir una, por eso te dejé de leer... pero ya retomaré tu libro esta misma semana. Lo que alcancé a leer me ha gustado mucho, a veces eres muy sarcástico, pero también directo y honesto, eso es lo que más me ha agradado.

@ArturoArgenis: No te presiones, lee a tu ritmo.

@SoyJulieta: No soy esa clase de lector que se obliga a terminar libros, si no me atrapan, los dejo a medias sin problemas, no es ese caso con tu libro, sí tengo ganas de seguir leyéndote.

@ArturoArgenis: Okey, okey. Y cuéntame ¿de qué trata tu libro?

@SoyJulieta: De la búsqueda irremediable del amor y el destino… ¿Te parece cliché?

@ArturoArgenis: Me parece un tema que jamás va a pasar de moda, es parte de la naturaleza humana.

Platicaron por un largo rato, hasta que dieron las 3:30 a. m. en México y, por tanto, las 6:30 p. m. en Japón. Argenis se encontraba en una cafetería de Tokio bebiendo un expreso, en tanto Julieta se encontraba en su departamento, como siempre alumbrada sólo por el monitor de la PC, el resto a su alrededor era total oscuridad y afuera se escuchaban todavía los estallidos de pirotecnia.

Llegado el momento de mandar su manuscrito a la editorial, Julieta se lo envió simultáneamente a Argenis vía *e-mail*. Las siguientes madrugadas fueron un intercambio de comentarios acerca de la novela de ella y del libro de él.

Cuando febrero llegó, los dos concluyeron las lecturas:

@SoyJulieta: Creo que ya no nos vamos a escribir.

@ArturoArgenis: ¿Por qué dices eso?

@SoyJulieta: Teníamos en común las lecturas…

@ArturoArgenis: Tal vez tienes razón, tal vez no. Quizá tenemos en común más cosas de las que piensas.

@SoyJulieta: Lo descubriremos. Ya voy a dormir, Arturo, aquí son las cuatro de la mañana.

@ArturoArgenis: Descansa.

@SoyJulieta: Que sea linda tarde para ti.

Contrario a lo que Julieta había imaginado, inevitablemente siguieron escribiéndose. Resultó que no sólo eran las lecturas lo que tenían en común, su amistad crecía al mismo tiempo que pasaban a otra estación del año. Julieta se sentía cómoda hablando de sus miedos emocionales, de la inseguridad que le daba escribir y, sobre todo, conocer gente del medio literario.

Por su parte, Arturo se divertía con las ocurrencias de la veinteañera y en más de una ocasión le dio las palabras de aliento adecuadas en el momento indicado. A veces Argenis la sorprendía con un correo electrónico por las mañanas, así, mientras ella preparaba la cafetera, él la acompañaba. A su vez ella viajaba a Japón a través de las fotografías que Arturo Argenis le enviaba. Pudo sentir el calor del sake recorriendo su garganta con tan sólo leer la descripción de la comida de negocios a la que Arturo acudió y le contó detalladamente en el último *e-mail*. Fue como estar sentada a su lado mientras él traducía a los empresarios de japonés a español y viceversa, ella se reía a carcajadas cuando Argenis decía algo que le resultaba gracioso, comía sushi, bebía sake, intercambiaban miradas de complicidad; con sus narraciones, él la hacía parte de ese momento, a pesar de no estar ahí físicamente.

El verano trajo nuevas cosas a la vida de Julieta, por lo que comenzó a alejarse de Argenis. Conoció a Adán, un joven empresario que de inmediato le movió el piso, también recibió respuesta de la editorial:

@SoyJulieta: Tengo una gran noticia, Arturo. ¡Me van a publicar!
@ArturoArgenis: Me alegro tanto por ti, bien merecido. Hay que festejar.

No volvieron a escribirse hasta otoño:

@ArturoArgenis: ¿Cómo va el romance con Alan?
@SoyJulieta: ¡Se llama Adán! Jajajaja.
@ArturoArgenis: Soy muy malo con los nombres... lo siento.
@SoyJulieta: Terminamos la relación. Es complicado a distancia, él vive en Tabasco, yo en Monterrey... Se veía venir.
@ArturoArgenis: Ya sabes lo que dicen, para todo mal un mezcal, para todo bien también, ¿o prefieres sake?
@SoyJulieta: Jajajaja, un mezcalito estaría perfecto.
@ArturoArgenis: Todo estará bien, confía. Y mientras tanto, te mando un abrazo, querida Julieta.
@SoyJulieta: Gracias. Ah, por cierto, la novela ya sale en dos semanas.
@ArturoArgenis: La estoy esperando ansioso.
@SoyJulieta: Gracias. Ya es tarde, es hora de dormir...
@ArturoArgenis: Espera. Quiero contarte algo, en dos semanas voy a México, ojalá podamos vernos.
@SoyJulieta: ¿A CDMX?
@ArturoArgenis: Sí. Estaré tres semanas por allá.
@SoyJulieta: Precisamente estaré en CDMX por esas fechas, después viajo a Argentina, espero que coincidamos porque me gustaría mucho conocerte en persona.
@ArturoArgenis: A mí también, descansa.

En la edición del libro *El viaje del elefante* de José Saramago que Julieta tenía al lado de su cama decía: "Siempre acabamos llegando al lugar donde nos esperan". Aquella frase la hacía pensar cómo con frecuencia deseamos llegar a cierto lugar y recorremos esperanzados un sinfín de caminos que nos lleven ahí, pero la vida se empeña en alejarnos de ese destino. Algunas personas llegan a nuestra vida para ser puentes y ayudarnos a cruzar al otro lado, después de que nos ayudan, desaparecen; algunas personas no están consignadas a ser parte de nuestra vida por más que lo queramos.

El 22 de octubre fue la esperada cita. La presentación de la novela de Julieta era a la misma hora que la junta de trabajo de Arturo, por lo que ella sugirió verse después de que cada uno cumpliera con sus compromisos. Julieta propuso reunirse a las ocho de la noche en el mirador de la Torre Latinoamericana, quería imitar la escena de la película *Sleepless in Seattle*, donde Annie y Sam se encuentran por primera vez en el Empire State. Pero en la historia de Julieta y Arturo ninguno de los dos llegó a tiempo. La cena de Arturo con los japoneses se prolongó, intentó llamar una y otra vez a Julieta, pero lo mandaba directamente al buzón de voz. Cuando Arturo llegó a la Torre Latinoamericana ya habían cerrado. Por su parte, después de la exitosa presentación del libro, su editora invitó a Julieta a un coctel que había organizado la editorial, por lo que no pudo negarse a asistir, ni pudo avisar a Arturo porque se quedó sin batería en el móvil, lo más que pudo hacer, después de beberse un par de martinis y charlar con algunas personas, fue retirarse sigilosamente para enseguida salir corriendo por un taxi que tardó más de veinte minutos y luego permaneció atorada en un tráfico brutal.

Eran las once de la noche cuando Julieta llegó a la Torre Latinoamericana, los tacones le lastimaban los pies, el cansancio era abrumador. "¿Dónde estás, Arturo Argenis?", se reprochó por no haber llegado a la hora acordada. Por su parte, Arturo caminaba rendido en la calle paralela en busca de un taxi para dirigirse a su hotel. Al mismo tiempo consiguieron taxi, pero cada uno tomó diferente rumbo, él se hospedaba en Polanco, ella cerca del aeropuerto, ya que a las seis de la mañana salía su vuelo rumbo a Buenos Aires.

Instalados cada uno en su hotel, ya a medianoche, finalmente pudieron ponerse en contacto:

@ArturoArgenis: Todo se complicó. Pero deseo que haya sido un éxito tu presentación. Abrazos.
@SoyJulieta: No puedo creer que estemos en el mismo continente y no te vea.
@ArturoArgenis: Ya tendremos oportunidad algún día, yo sé que sí. Ten un buen viaje mañana.
@SoyJulieta: Feliz estancia en México, come muchos tacos. Bonita noche, Arturo.
@ArturoArgenis: Bonita noche, Julieta. Tú también disfruta todo lo que estás viviendo.

Los días siguientes las ocupaciones de cada uno no les permitieron escribirse y así pasaron las semanas, los meses y los años, viviendo vidas paralelas. Por las redes sociales se enteraban cómo iba la vida uno del otro. Con un *like* o un *fav* indicaban que seguían presentes, a veces un comentario o un saludo y siempre en año viejo un tuit a medianoche.

No quiero saber la verdad

Yo soy la chica que escribió en su muro de Facebook: "Si hay cosas que jamás volverán, ¿por qué desgastarse añorando?".

A veces parece que ya te olvidé, que puedo seguir; de repente la melancolía entra en mi departamento y se rehúsa a irse.

En la radio sonó la canción que bailamos esa noche que nos dimos por primera vez un beso. Bebo una botella de vino, tu favorita. He leído una y otra vez el poema de Efraín Huerta que me dedicaste. Me he aprendido de memoria cada una de tus mentiras. Aun con todo el dolor que le has causado a este corazón necio que no sabe cómo dejar de amarte, te echo de menos, te añoro. Me dueles. ¿Dónde estás? ¿Acaso no me amas? ¿Nunca me amaste? ¿Volverás? No, no respondas… no quiero saber la verdad.

Primavera de noviembre

Clemente pensaba que a los sesenta años ningún hombre tiene la paciencia suficiente para volver a enamorarse, y no es que no creyera en el amor, todo lo contrario, una vez en su vida había tenido la oportunidad de vivirlo y de sufrirlo, de modo que su suposición tenía que ver más con las heridas que deja el amor. Pero la vida lo sorprendió una tarde de noviembre: una hermosa primavera irrumpió en su vida.

Una mujer vestida con un elegante traje blanco, con un relicario dorado colgando de su cuello y su cabellera plateada recogida en una trenza se acercó al mostrador y, con sencillez, le sonrió:

—Buena tarde, quiero enviar esta carta —ella deslizó el sobre por la ventanilla.

Al intentar agarrar el sobre, las manos de Clemente rozaron las de ella, lo cual provocó que se inmutara, el rubor en sus mejillas era la evidencia de que los nervios se apoderaron de él. Qué diablos le pasaba, se preguntó en sus adentros, ni siquiera conocía a esa mujer, pero había algo en esos dulces ojos azules que hicieron que su corazón se acelerara. Suspiró para calmar la ansiedad. *¡Vaya pendejada!, confundir un infarto con amor a primera vista, lo que me faltaba*, pensó.

La mujer lo miró desconcertada.

—Buena tarde, señorita… —al fin murmuró y se aclaró la garganta—, ¿se… ño… señorita Abril Bahena? —dedujo su nombre al leer el remitente.

—Así es, mucho gusto —sonrió de nuevo Abril.

Qué bella sonrisa, suspiró Clemente. No, no se trataba de ningún infarto, había quedado prendado de aquella primavera desconocida.

Abril notó que las palmas de las manos de Clemente brillaban por las gotitas de sudor que se habían acumulado en ellas. Al percibir la mirada de Abril, Clemente escondió sus manos inmediatamente.

—Son siete pesos —dijo él, tratando de sonar indiferente, mientras se secaba las manos en el pantalón.

Ella sacó de su bolso las monedas y le preguntó:

—¿Es todo?

—Sí, es todo. Llega a su destino en dos semanas.

—Muchas gracias —dijo Abril y salió de la oficina postal.

—Hasta pronto, señorita Abril.

Clemente se paró de su asiento para ir en busca de un vaso de agua, "¡diablos, diablos!", masculló al mismo tiempo que se soplaba con la carta las mejillas incendiadas, le dio un trago al agua y miró una vez más el sobre, fue entonces que se percató de que el destinatario era la misma Abril Bahena.

De Abril, para Abril

A Abril le gustaba caminar descalza todos los días a la orilla de la playa, siempre antes del amanecer. Pronto cumpliría setenta años, sin embargo, caminaba por la playa con la misma energía que en sus mejores primaveras; estaba agradecida de los pies que le habían tocado: a pesar de todo lo vivido, seguían sosteniéndola. El cielo comenzaba a pintarse de naranja, el sol salía despacito, como acariciando la mañana, y las olas dejaban su quietud para abalanzarse a esos pies que ella tanto presumía. Los rayos tibios del sol caían sobre su larga cabellera plateada y la brisa salada besaba sus labios. Un pequeño cangrejo se cruzó en su camino, Abril detuvo su andar para cederle el paso, miró al cielo, las gaviotas volaban con la seguridad de quien se sabe dueño de sus alas. Los primeros pescadores llegaban a la playa listos para comenzar la jornada. Después de saludarlos, Abril siguió caminando; sentía que el mar la llamaba. Varios kilómetros había recorrido ya, la arena estaba cada vez más blanca y cubierta por las caracolas más hermosas que había visto en su vida, miró atrás, sus pasos habían sido firmes, pero eso no evitó que las olas borraran sus huellas, pensó en lo efímero de la vida, pensó en todo y en nada, siguió caminando, la playa estaba totalmente desierta, el mar murmuraba, las olas espumosas iban y venían, a veces con fuerza, otras con calma. Abril detuvo el andar y en aquella soledad contempló el mar con la mirada serena de quien al fin encuentra la paz. De su bolso sacó una manta, se sentó sobre ella, buscó entre sus cosas su diario y un bolígrafo y comenzó a escribir:

Querida Abril:

Mira hasta dónde hemos llegado. Estoy orgullosa de ti, mujer.

Qué curiosa es la vida. Durante mucho tiempo evadiste la soledad, huiste de ti tantas veces, te escondías en amores efímeros, no querías rendirte cuentas con respecto a lo que estabas haciendo con tu vida. Te negabas la oportunidad de escuchar tu interior; por fortuna los años te enseñaron que el silencio ayuda mucho para escuchar lo que el alma tiene que decir. Entre el Malbec y el jazz de las noches solitarias, al fin entendiste que antes de amar a otros, primero tenías que amarte a ti.

En alguna época de tu vida temías al tiempo, a la vejez, a la muerte, pero aprendiste a soltar miedos y ocuparte del presente, a perseguir tus sueños, descubrir quién eres para ser tú misma en todo momento.

Mañana tal vez estés aquí llena de memorias, o tal vez ni siquiera las recuerdes, quizá ese mañana no llegue, pero hoy estás en el lugar en el que quieres estar, dejando huellas que borra el mar.

NO SÉ SI TENDREMOS UN FUTURO JUNTOS,
PERO AGRADEZCO A LA VIDA
QUE SEAMOS PRESENTE.

Darisnel

Darisnel había crecido en una casa estricta donde pensar en dedicarse a otra profesión que no fuese la medicina parecía una locura. Su pasión era la pintura, la escultura, la fotografía, soñaba con estudiar en Bellas Artes, así que un día se atrevió a abandonarlo todo y gritarle al mundo que estaba harto de aparentar ser lo que no era. No le importó llegar a Ciudad de México sin un peso en el bolsillo, rápidamente sus habilidades en los idiomas le permitieron conseguir un puesto como recepcionista en un hotel y, ya con trabajo, presentó el examen de admisión para estudiar la carrera de artes visuales.

—¡Felicidades, amigo! —gritó Alberto, su compañero de departamento, cuando Darisnel le mostró la carta de admisión.

—Hay que celebrar —dijo Darisnel mientras bailaba y agitaba la carta al aire.

Llegaron al Blue Bird, un bar subterráneo ubicado en el centro a unas calles de la Torre Latinoamericana. En la entrada, un hombre rubio, corpulento, de casi dos metros, sostenía la cadena:

—¿Tienen reservación? —preguntó con tono hostil.

—No tenemos, pero sólo somos dos. Aunque sea en la barra —respondió Alberto.

—Sólo con reservación, amigo —dijo tajante el cadenero.

El eco de la música llegaba afuera del bar. Darisnel sacó una cajetilla de su abrigo, le ofreció un cigarro a Alberto.

—Gracias, pero lo estoy dejando.

Un automóvil se estacionó en la entrada del bar, tres chicos bajaron. Al toparse con Alberto lo saludaron efusivamente.

—Daris, te presento a Miel, Julián y Marco.

—Mucho gusto. Darisnel —se presentó y estrechó la mano de cada uno.

—Miel y yo trabajamos juntos en el hotel por varios años —comentó Alberto y se colgó del hombro de Miel—, pero hace un año me abandonó para irse con la competencia —suspiró y continúo con la presentación—, y a Julián y a Marco los conocí por Miel.

—Definitivamente, premio al dramático del año —dijo Miel.

—¿Y vienen al Blue Bird? —preguntó Darisnel, intentando quitar la atención de los reclamos de su amigo.

—Sí, hoy es el cumpleaños de Julián, venimos a celebrar —comentó Miel.

—¿Ustedes van a entrar? —preguntó Julián.

—No tenemos reservación, pero también estamos celebrando, Daris ha sido aceptado en la carrera de artes visuales —comentó Alberto.

—¡Ey, felicidades! —dijo Miel dirigiéndose a Darisnel—. Pues nosotros reservamos para seis y parece que ya somos todos. Si quieren entren con nosotros y celebramos juntos —sugirió.

Alberto le dio un beso en la mejilla a Miel como agradecimiento.

—Venimos con ellos —le dijo Alberto al cadenero casi en tono burlón.

El hombre buscó en su lista el nombre de Miel y los dejó pasar. Detrás de ellos un grupo de chicas se acercó, el cadenero las detuvo interrogándoles si tenían reservación.

Los cinco chicos entraron al bar, bajaron las escaleras, las paredes del pasillo estaban pintadas de negro, la luz roja del final los guio a la siguiente entrada. Una chica de tez morena y con una gran sonrisa les dio la bienvenida, abrió la pesada cortina roja como presentándoles el lugar, las paredes estaban cubiertas de papel tapiz rojo, la luz tenue caía sobre ellos, las mesas de madera oscura eran pequeñas, no había una distancia mayor de un metro entre ellas. El salón estaba atascado de gente, las meseras llevaban las bandejas llenas de cocteles a lo alto y se deslizaban con maestría entre las mesas y la gente. La mesa de los chicos quedaba justo frente a la banda que tocaba un jazz que tenía bailando a medio bar.

Pidieron una botella de whisky, elevaron sus vasos y brindaron por el cumpleaños de Julián y la admisión a Bellas Artes de Darisnel. Aunque la charla de los chicos le resultaba entretenida, Darisnel no podía quitarle los ojos de encima al baterista de la banda, un chico flaco, de ojos cafés, piel morena y con una cabellera ondulada que caía sobre sus hombros. A Darisnel le pareció que el músico también le dedicaba alguna mirada discreta.

—No, no, ni lo pienses, ni lo imagines, ni lo sueñes —dijo Marco al darse cuenta del embobamiento de Darisnel—. Se llama Mauricio, esa ave vuela alto, es inalcanzable.

—Ya todos lo hemos intentado, no hay jaula que lo atrape —agregó Julián.

—Bueno, es que no ha conocido a Daris. ¿Quién podría resistirse a mi guapísimo amigo?

—Eso lo quiero ver —lo retó Miel.

Cuando la mesera se acercó a servir la siguiente ronda, Darisnel le pidió una servilleta y un bolígrafo, escribió algo y le dijo que se lo entregara a Mauricio.

En el primer receso de la banda, Mauricio se dirigió con sus compañeros del grupo a la barra para pedir unas cervezas, la mesera se acercó, de su mandil sacó la servilleta y se la dio al baterista, indicándole de parte de quién iba.

"¿Surges del hondo abismo o bajas desde los cielos, oh, Belleza?", decía con tinta roja. Mauricio sonrío al leer aquel fragmento del poema de Charles Baudelaire y le pidió a la mesera que le llevara un trago a Darisnel, enviando de vuelta la servilleta.

Entre hurras y las miradas ansiosas de sus acompañantes, Darisnel abrió la servilleta: detrás del poema Mauricio había anotado su número de teléfono y una frase: "De Satán o de Dios, ¿qué importa?".

Un año después de aquel momento, Darisnel y Mauricio se encontraban organizando su boda. En la mesa donde las invitaciones estaban esparcidas, Darisnel escribía una carta; Mauricio se acercó para servirle café.

—¿Qué haces, amor? —preguntó.

—Escribiendo una carta a Rebeca, tiene mucho que no sé nada de ella. Siempre está trabajando, nunca tiene tiempo de nada, sólo deseo que no falte a la boda.

—Es tu mejor amiga, estoy seguro de que no se perdería un día tan importante para ti —dijo Mauricio y al mismo tiempo dejó la cafetera sobre la mesa, posó las manos en los hombros de Darisnel y se inclinó para darle un beso cálido en la mejilla.

Rebeca

Mi vida era una rutina que poco a poco había dejado de entusiasmarme. Logré alcanzar el sueño antes de los treinta. Todo comenzó como un pasatiempo y cinco años después nos convertimos en una empresa consolidada. Quién diría que se podía vivir de hacer calcetines con frases graciosas, nadie lo hubiese imaginado. Siempre me caractericé por decir tonterías que a los demás hacían reír, así que un día tomé nota de todas las cosas que se me ocurrían y comencé a diseñar calcetines. Soy de pies fríos, aunque duerma con la piyama más sexy del mundo, los calcetines no pueden faltar cada noche, de modo que si iba a iniciar un emprendimiento tenía que ser de algo que para mí es imprescindible. Primero hice cinco diseños y la necesidad de encontrar alguien que los maquilara me llevó a Micaela, con quien más adelante me asocié. En cuanto Micaela me entregó los primeros calcetines, corrí a subir una foto a Instagram, la cual se hizo viral y, en menos de una hora, ya tenía más de cincuenta comentarios con pedidos de compra. Desde entonces Micaela y yo no paramos, de ser sólo dos personas con un sueño pasamos a treinta colaboradores en la compañía. Con el paso de los años, ensimismada en los asuntos de la empresa, esa chica que fui, de locuras y aventuras, quedó como un fantasma del pasado. Ya ni siquiera era yo quien diseñaba los calcetines. Es cierto que la compañía creció a pasos agigantados, pero también dejamos ir la esencia principal, parecía que sólo importaban los costos, los gastos, las utilidades, pagar a tiempo a los proveedores, beber café todo el día, pelear con Micaela por diferencias de ideas, inclusive dejamos en manos del *community manager* las redes sociales con más de cinco millones de seguidores. Perdí el control, lo admito, y de alguna manera tenía miedo de que todo se fuera a la basura por no tomar las decisiones correctas.

Antes de dedicarme a la compañía, trabajaba como empleada en una tienda de ropa, me gustaba charlar con la gente, recomendarles lo que realmente les iba bien y no precisamente lo más caro o lo de moda, en esa época hice tantos amigos que los fines de semana salía de una fiesta para entrar a otra. Ahora me sentía más sola que nunca, mi único amante era el escritorio, con quien tenía una relación de amor y odio, y a quien le debía diez kilos de sobrepeso. Antes iba a correr todos los días a las cinco de la mañana, pero los últimos años me resultaba casi imposible levantarme antes de las nueve debido a las noches de desvelo. Así pasaban los días sin ninguna novedad más que los números y perseguir los objetivos de la empresa. A pesar de que la compañía iba bien, no me había tomado en todos esos años ni un día de descanso, me decía que ningún barco puede navegar sin su capitán, sentía que la empresa me necesitaba de tiempo completo, pero sinceramente más bien era al revés, yo la necesitaba a ella para calmar la soledad.

—¡Rebeca! —gritaron del otro lado de la acera.

Volví para ver quién me hablaba y ahí estaba Javier, en una mano llevaba un vaso de café y con la otra me hacía señas de que cruzara.

—Guau, qué gusto verte —sonreí y le di un abrazo.

—¡Vaya, la vida te ha tratado muy bien! Sigues guapísima.

—Tan caballeroso como siempre... ¡Vamos, lo ves: diez kilos de más y el cabello un desastre!

—Pues yo te veo igual de linda que siempre. ¿Quieres un café?

—Sí, claro —respondí.

Entramos a la cafetería, tomamos asiento en una mesa al lado del ventanal que daba a la calle, era otra mañana fría, todos iban bien abrigados, sonreí cuando vi a una niña con su vestido del colegio que llevaba los calcetines de mi marca.

—¡Mira, lleva unos Cuatines! —señalé.

—Recuerdo cuando me decías así: cuatín.

—Sí, ya pasó mucho de eso —desvié la mirada para disimular que aún me sonrojaba tenerlo cerca—. ¿Y tú cómo has estado? —le pregunté para cambiar de conversación.

—Desempleado desde hace seis meses, tuve diferencias con la empresa y ahora mismo estamos en demanda. Así las aburridas cosas de adultos.

Javier era ingeniero civil y trabajó más de diez años en una empresa constructora, viajaba mucho por su trabajo. Yo lo conocí por Xiomara, una compañera de la tienda de ropa. Un día ella me invitó a una fiesta donde me presentaría al chico con el que salía. Las dos teníamos veinte años y el chico del que tanto hablaba era mayor por siete años. Ese chico era Javier, oficialmente no eran novios, sólo amigos que se veían de vez en cuando y la pasaban bien, ella estudiaba la universidad y ahí decía tener al novio oficial, con el que aseguraba se iba a casar. Esa noche que conocí a Javier me pareció guapo, pero no me interesó, comencé a platicar con otro de sus amigos y después de un par de cervezas ya nos estábamos besando. Xiomara y Javier subieron a su habitación y yo me quedé con el otro chico. Después de esa noche el amigo de

Javier no dejó de perseguirme por un par de semanas y aunque sí me di la oportunidad de tener otra cita con él, esta vez sobria, me di cuenta de que no teníamos nada en común y decidí alejarme.

Xiomara siguió invitándome a fiestas con sus amigos, pero simplemente no volvimos a coincidir, por una razón u otra yo no pude asistir a ninguna otra de sus fiestas y no supe más de los ingenieros, hasta que una tarde que tenía libre recibí un mensaje por Facebook que me tomó por sorpresa: "Hola, hola" y al final el emoticón de guiño.

Era Javier, me invitó a tomar una copa de vino y sin pensarlo mucho acepté. En esa ocasión que nos conocimos mencioné que amaba el vino italiano, así que no pude resistirme cuando me dijo que sabía dónde servían el mejor Montepulciano d'Abruzzo. Nos quedamos de ver en el restaurante, llegó media hora tarde, pasó diez minutos disculpándose, pero entendí que así era su trabajo. Me platicó del proyecto en el que estaba y me habló de sus compañeros y de sus jefes con tal familiaridad que sentí que ya lo conocía de hace tiempo, hablamos de mí, de mis sueños, de mis pasatiempos, y lo que más me gustó de él fue que escuchaba atento y hacía preguntas interesado en saber un poco más. Nos dio la medianoche y, con el pretexto del calor de las dos botellas de vino que llevábamos encima, nos acercábamos cada vez más.

—¿Por qué no vamos por Xiomara y vamos a bailar a algún lugar? —propuse para alejarlo de mí. Todavía no nos dábamos el primer beso, pero estábamos tan cerca que de lejos parecíamos dos enamorados.

—Bien, si eso quieres. ¡Vamos!

Llamó al mesero para solicitar la cuenta y después de pagar salimos del restaurante. Nos subimos a su camioneta, la casa de Xiomara quedaba a menos de veinte minutos de donde estábamos.

—Yo me la estoy pasando muy bien contigo, no veo por qué traer a Xiomara —dijo mientras me acariciaba la pierna.

Llegamos al estacionamiento del edificio donde vivía Xiomara, le marqué, pero me mandó de inmediato al buzón. Los faros de la calle estaban apagados y la poca luz que alumbraba provenía del único pasillo iluminado.

—Parece que no está —Javier sonrío con cierto aire triunfal.

Me mordí los labios, ya no podía disimular las ganas de besarlo. Él se acercó lentamente, buscando en mi mirada la aprobación. Cuando sus labios tocaron los míos, cerré los ojos deseando que al fin me besara.

—Estoy disfrutando mucho estar contigo, me encantas, Rebe —susurró y después recorrió mi cuello con su lengua. Una vez más se acercó a mi boca y esta vez correspondí dejándome llevar por el deseo, sus manos se deslizaron por debajo de mi vestido y con sus caricias se me escaparon un par de gemidos. Me propuso ir a su departamento, pero no acepté porque compartía casa con sus otros amigos que conocían a Xiomara, no quería que ella se enterara. Entonces condujo a un hotel de paso donde hicimos el amor una y otra vez, hasta que llegó la mañana, apenas dormimos un par de horas.

Esa semana nos vimos todos los días. Salía corriendo de la tienda e inventaba cualquier excusa para escabullirme de Xiomara. Javier me esperaba una calle atrás del centro comercial y nos íbamos directo a encerrarnos al hotel, pedía servicio a cuarto, cervezas, pizza, a veces sushi, veíamos una película, platicábamos, hacíamos el amor y después me iba a dejar a mi casa. En ese entonces vivía con mi madre, que más de una vez me regañó por mis llegadas en la madrugada.

Los meses que pasamos juntos pensé que podríamos llegar a tener una relación más seria. Xiomara me dijo que pensaba que

Javier salía con alguien más porque la evitaba y ponía pretextos para no verla.

"Javier es el hombre que siempre soñé para mí", le escribí por mensaje en Facebook a Darisnel, mi mejor amigo, y le propuse reunirnos pronto para contarle todos los detalles.

Sabía que tenía que hablar con Xiomara, decirle la verdad, y con Javier definir la relación, sin embargo, en el fondo no quería enfrentarme con la realidad de que aquello sólo fuera algo pasajero.

—¿Qué quieres escuchar, Xio? —le pregunté a Xiomara y acomodé el celular en una repisa.

—No sé, algo movido, me aburre hacer inventario —dijo y resopló por la nariz.

Puse a Celia Cruz y comenzamos el inventario. Estábamos a punto de terminar cuando la jefa me llamó a su oficina para ir por un formato.

—Ahorita vuelvo.

—No te pases, no tardes, ya casi acabamos —me advirtió Xiomara.

No habían pasado ni cinco minutos cuando ya estaba de vuelta; Xiomara tenía mi celular en la mano.

—¿Qué haces con mi celular? —le reclamé.

—¿Qué haces tú con mi novio?

—Javier no es tu novio —le dije mientras le arrebataba el teléfono.

—No lo conoces, yo llevo dos años con él y sé que jamás se va a comprometer.

—Eso es sólo asunto de él y mío.

—No tienes tantita madre.

—Tú tampoco, me peleas a un tipo que ni tu novio es, porque te recuerdo que tu novio es Manuel, o al menos eso es lo que dices desde hace un año.

—Me das risa, Rebeca, deja de ver películas de Julia Roberts —dijo antes de salir del almacén.

Continué con el inventario y veinte minutos después entró mi jefa, me preguntó qué había pasado, Xiomara renunció sin darle explicaciones y se marchó de la tienda. No la volví a ver.

Ese día había quedado con Javier de ir al cine, sería nuestra primera cita fuera de un hotel, eso me tenía entusiasmada a pesar de lo sucedido con Xiomara. Lo esperé en el lugar de siempre por más de media hora, pero no llegó, le marqué al teléfono y me envío directo al buzón. Me fui a casa confundida, intenté llamarlo horas después y seguía sin estar disponible. El tercer día al fin contestó.

—Hola, Javier. ¿Todo bien? ¿Pasó algo?

—Disculpa, Rebe, perdí mi celular —respondió con un tono de voz indiferente, no me pareció el mismo Javier con el que había estado la semana pasada.

—Ah —después de un suspiro me atreví a preguntar—. ¿Cuándo te veré?

—Tengo mucho trabajo estos días, la próxima semana salgo de viaje.

—Bueno, entonces nos vemos cuando vuelvas.

—Claro, yo te llamo, Rebe.

Javier jamás volvió a hablarme. Por su perfil de Facebook me enteré de que estuvo viviendo en el extranjero, alguna vez en Navidad me envío una felicitación, pero no lo consideraba precisamente un amigo.

El mesero llegó con el carajillo que había solicitado.

—Gracias —dije.

—De nada. Si necesitan algo más, estoy a la orden —respondió el chico, sonrió y dio media vuelta.

—¿En qué estábamos? —me preguntó Javier.

—Este… —balbuceé.

—Ah, ya sé —tronó los dedos a la altura de la sien y retomó la conversación.

En realidad, no estaba prestándole atención, pensaba en que parecía el mismo de siempre, su manera de hablar, de reír, su seductora personalidad, ¿acaso algo en él había cambiado en todos estos años? Tenía ganas de preguntarle por qué jamás volvió a llamar.

—Me voy en dos días de la ciudad, sólo vine a arreglar unos papeles de lo de la demanda —dijo, le dio un sorbo a su café y me tomó de la mano—, pero me gustaría volver a verte, ¿quieres ir a tomar algo en la noche?

Volví de mis divagaciones.

—Sí, claro, sí me gustaría —respondí.

Acordamos vernos en un bar. Cuando llegué ya me estaba esperando en la terraza, en medio de la mesa había una botella de vodka sabor especias y tamarindo. Me senté a su lado, desde ahí teníamos vista de la concurrida avenida, llena de bares, de gente, de carros, de fiesta. El bar que Javier eligió era uno de los de moda, comenzaba a llegar más gente, apenas eran las siete de la noche. El primer trago me supo extraño, picaba un poco, pero después de tres todo se volvió risas. Hablamos de todo y nada. Conforme llegaba la noche la música se hacía más fuerte, apenas nos escuchábamos. Javier usó eso de pretexto para acercarse y murmurarme al oído. Cuando estuvo a punto de besarme me alejé y no pude evitar preguntar la duda que tenía guardada desde hacía diez años.

—¿Por qué no volviste a llamar?

Él se hizo para atrás, puso su codo izquierdo en la mesa y recargó su rostro en su mano, me miró fijamente y yo acerqué mi rostro al suyo para escuchar la respuesta.

—No lo sé —suspiró.

Miré alrededor, la gente empezaba a pararse a bailar, la noche estaba sobre nosotros. Las luces neón se encendieron y se deslizaban por el lugar, la distancia entre las mesas era de menos de tres metros, aun así, la gente encontraba en las brechas espacio para bailar. Me paré y extendí la mano para invitar a bailar a Javier.

—Recuerda que no bailo —dijo alargando la o, con ese acento tan peculiar que siempre me gustó.

Comencé a bailar y las chicas de la mesa contigua también se levantaron para bailar conmigo. Compartimos tragos con ellas y los chicos de la siguiente mesa se acercaron a invitarnos *shots* de tequila. Entre ratos cada uno regresaba a su mesa, desde lejos levantábamos el vaso en señal de brindis y, si otra canción nos gustaba, volvíamos a bailar todos juntos. Cuando se abrió el karaoke me fui a cantar al escenario con las chicas con las que había estado bailando toda la noche. A Javier no le quedó más remedio que seguirme y en una canción más lenta se quedó allí para bailar conmigo, acercó mi cuerpo al suyo y yo me colgué de su cuello.

—No te volví a llamar porque Xiomara me dijo lo que había pasado, me confundí, llevaba ya varios años de conocerla, no quería lastimarla. También me dijo que tú estabas muy enamorada, leyó tus conversaciones con Darisnel —me dio un beso en la frente, acomodó mi cabello, acarició mi rostro—. Me fui porque no quería lastimarte. Yo no estaba seguro de querer algo más serio.

La segunda botella de vodka se había acabado, el mesero se acercó para preguntarnos si íbamos a querer otra, dijimos que sí y regresamos a la mesa.

—¿Y qué fue de tu amigo Darisnel? —preguntó para cambiar de tema.

—Vive en Ciudad de México —respondí.

El mesero llegó con la tercera botella, nos sirvió a cada uno un trago con agua tónica. Seguimos platicando un rato hasta que pusieron una canción que me gusta y regresamos a bailar. Así llegó la mañana, bailando con desconocidos, cantando hasta quedar afónicos, hasta acabarnos la última gota de vodka.

Vi a Javier salir del baño, trastabillaba, ya en la mesa jaló la silla y se desplomó en ella.

—Pediré la cuenta, Rebe —dijo.

—No te preocupes, Javier, ya pagué.

En la calle Javier sacó el celular para pedir un Uber.

—¿Te quieres quedar conmigo? Vamos al hotel, dormimos un rato y después vamos a desayunar —propuso, dio un paso hacia adelante y entrecerrando los ojos intentó besarme.

—Estoy cansada, ya pedí mi Uber —respondí.

En ese instante llegó el vehículo, le di un beso en la mejilla.

—Cuídate, Javier. Me dio mucho gusto verte.

Subí al auto, el conductor confirmó la dirección.

—No. Llévame al malecón, por favor —le indiqué.

Al llegar al malecón comencé a caminar por la orilla, en el muelle los navíos anclados esperaban el momento de partir, a lo lejos el sol resplandeciente parecía emerger del mar. Me detuve en la rotonda y me senté a escuchar las incesantes olas. Una niña de quizá doce años se acercó, su cabello rizado revoloteaba a su alrededor como si llevara cientos de pájaros negros en la cabeza, su sonrisa parecía no enterarse de que esa mañana el aire estaba más helado que otros días, me ofreció unas muñequitas que, decía, quitaban las penas, le compré todas las que pude pagar con el efectivo que llevaba. En mi bolsa tenía un par de Cuatines nuevos, se los obsequié, ella de inmediato se quitó los zapatos, dejó tiradas las viejas calcetas y se puso las nuevas, me agradeció y se fue brincando.

De mi bolsa saqué el celular y le marqué a Micaela.

—Buenos días, Rebe —contestó.

—Buenos días, Micaela, sé que es muy temprano, pero necesito hablar contigo.

—¿Estás bien? —preguntó confundida.

—Sí, estoy bien. Es importante vernos, ¿puedes venir al muelle? —pregunté.

—Claro, llego en veinte minutos.

—Te espero en la playa, atrás de la rotonda.

Terminé la llamada, me quité los zapatos y caminé hacia la playa para sentarme frente al mar. Observaba las olas siempre recomenzando, se iban con lentitud, regresaban con ahínco. Un ave blanca con el capirote y pico negro y una envergadura de casi un metro volaba cerca de las rocas, hacía repentinas zambullidas justo al romperse las olas.

Pensé en la ocasión que estuve en esa misma playa con Darisnel. Nos habíamos escapado de la fiesta de aniversario de sus padres después de que les gritara delante de todos que era homosexual y estaba harto de que fingieran lo contrario. Llegamos al mar, esa noche la playa estaba solitaria: "Con los años nada parece una imprudencia. Uno agarra el valor de exigirle a la vida lo que merece, de bañarse desnudo en el mar o rechazar invitaciones a eventos que no quiere ir. Aprende a escuchar las corazonadas, a alejarse de las personas que apagan el fuego del alma", dijo para después quitarse la ropa, correr desnudo por la playa y sumergirse en el mar.

Sentí una mano en mi hombro, me volví y era Micaela.

—Hola, Rebe, me preocupó tu llamada —dijo y se sentó a mi lado.

—Disculpa, no quise alarmarte, pero tomé una decisión y no puede esperar.

—Dime.

—Dejaré la dirección de la empresa, necesito tomar un descanso, encontrar nuevas pasiones, nuevos retos, nuevos destinos. Estoy segura de que en este momento la empresa te necesita más a ti que a mí.

—¿Ya lo pensaste bien? —preguntó.

—Sí, es lo que quiero hacer, Micaela.

—Voy a preparar la documentación entonces, Rebe, y te llamo cuando todo esté listo. Si te soy sincera creo que es una buena decisión, te apoyo —dijo y me dio un abrazo.

—Muchas gracias, Micaela.

Micaela se despidió, la seguí con la mirada hasta que su silueta se desvaneció en el azul del cielo.

Destellos de cerúleo

Todos te dicen que lo más difícil de una ruptura amorosa es el duelo, asimilar que esa persona ya no estará más en tu vida y continuarás sola el camino que imaginabas recorrer de esa mano acompañada. Pero cuando crees haber sanado esas heridas y te levantas de la cama, cuando se acaban las noches de insomnio, cuando dejas atrás el odio, la culpa, los reproches, cuando crees que las tormentas de tu cabeza dejan de inundar tu alma y finalmente te sientes preparada para salir de nuevo al mundo, cuando por primera vez le sonríes a un desconocido y él te responde la sonrisa, se acerca, te pregunta tu nombre, platican un poco y te invita a tomar un café la siguiente semana, cuando te tienes que enfrentar después de tanto tiempo a una nueva primera cita, es entonces que te das cuenta de que el dolor del duelo regresa. Esto es lo que nadie te advierte. Y llega ese momento incómodo en el que recurres a preguntas cliché en un intento por conocer a la otra persona que está enfrente, te esfuerzas sin éxito por ser agradable, te aburres porque la conversación no fluye y el temor por no estar sintiendo lo que se supone que tienes que sentir te recorre el cuerpo. Sugieres pedir la cuenta, finges que la pasaste increíble, das a entender que se volverán a reunir, pero en secreto sólo deseas volver al silencio de tu departamento, porque lo que en un principio parecía tener buena pinta terminó siendo un desastre que no quieres repetir, ¿o sí?

Donovan era un hombre atractivo físicamente. Cuando cruzamos miradas en la tienda de flores me sentí halagada de que se acercara a mí y me invitara a salir, tenía expectativas de que nuestra cita sería agradable, sin embargo, resultó lo contrario, sabía que él no volvería a llamar y la verdad es que tampoco me interesaba, entendía que entre nosotros no hubo esa magia, pero tampoco quería aislarme y ponerme en huelga afectiva, me rehusaba a guardar luto a mi reciente ruptura, me decía a mí misma que la vida es muy breve como para no darme la oportunidad de enamorarme una vez más. Los últimos meses habían sido duros y sólo deseaba un corazón libre. Creí en ese momento que el camino hacia esa anhelada libertad lo encontraría en el calor de un nuevo abrazo, entonces bajé todas las *apps* de citas que estaban de moda y me dediqué a deslizar para la izquierda y para la derecha, en busca de alguien con quien salir a conversar, con quien pasarla bien. Aunque de Donovan no volví a saber nada, aquel encuentro me permitió perder un poco el miedo de conocer gente nueva. Así llegó a mi vida Gerardo, un divertido actor de teatro que conocí en una de las *apps* de citas que tenía instalada. Salimos por un par de meses, nos veíamos una o dos veces a la semana, a veces yo me quedaba en su departamento o él en el mío, bebiendo cerveza y platicando hasta la madrugada. Desde un principio me dejó claro que no quería nada serio y estuve de acuerdo. Aunque el sexo no era malo, en realidad no me atraía mucho físicamente, pero su sentido del humor y su compañía me resultaban agradables, tanto que pude haberme quedado en esa relación más tiempo del que en realidad quería, si no fuese porque conseguí un trabajo que me llevó fuera de la ciudad por varias semanas. Cuando volví no lo busqué, ni él a mí, y aunque nos encontramos por coincidencia en la calle, sólo nos saludamos con mutua calidez sin insinuar deseos de vernos como antes. Después de Gerardo no volví a conocer a nadie que me resultara interesante en las *apps* y decidí cerrar mis perfiles.

Ese verano me contrató un centro cultural para pintar en la fachada del recinto un mural de diez metros de largo por cinco de alto, que me tomó varias semanas terminar, y ahí conocí a Miranda, una maestra de baile que se especializaba en el género de cumbia. Mi amistad con Miranda se volvió cercana.

Vivía en una pequeña ciudad del sur de México llamada Santa Cecilia del Campo, a una altitud de más de 2 200 m s. n. m., de clima frío la mayor parte del año, rodeada de montañas y bosques de coníferas, considerada la capital cultural del estado, punto principal de encuentro de músicos, pintores, escritores y otros artistas, siempre repleta de turistas y viajeros. La zona centro tenía tres andadores principales que conducían a la plaza, se distinguía por sus calles empedradas y arquitectura barroca; una ciudad colorida, con días templados y noches infinitas. La ciudad, como cualquier otra, tenía sus problemas sociales y políticos, pero había una comunidad de habitantes que parecía no enterarse o simplemente no le importaba. Había llegado siete años atrás a Santa Cecilia con mi pareja de ese entonces. La mayor parte del tiempo trabajaba fuera, aunque mi gran pasión era la pintura y mis ingresos principales provenían del comercio de libros de arte. Los años que llevaba viviendo en la ciudad los pasé entre el trabajo y aferrándome a mantener una relación que estuvo rota casi desde el inicio. Fue hasta que esa relación terminó que comencé a integrarme a la comunidad de artistas locales y conseguí varios trabajos que me retuvieron en la ciudad por varios meses consecutivos.

El día de mi cumpleaños treinta y ocho no quise pasarlo sola, así que le sugerí a Miranda hacer algo juntas para celebrar. Ella era doce años menor que yo, me contagiaba su vibrante energía. Esa noche recorrimos varios bares, comenzamos en una popular mezcalería, con el calor de los mezcales cantamos en el karaoke, después fuimos a un centro cultural a escuchar a unos amigos de ella que tocaban jazz. Al terminar el evento, los músicos nos invitaron a bailar a otro lugar donde la fiesta terminaba hasta el amanecer y ahí, en medio de la algarabía y la ebriedad, entre toda la gente, conocí a Max. Desde el momento en que lo vi me gustó mucho, era un poco más alto que yo, de tez blanca y con una barba color marrón que le llegaba hasta el pecho. Max estaba sentado en un sofá en un rincón, una luz roja caía sobre él. Mientras Miranda y sus amigos corrieron a la pista a bailar, yo me dirigí directo a Max y me senté a su lado.

—¿Ya te han dicho que tienes una cara de ésas que de sólo verlas caen mal? —le pregunté y solté una carcajada.

Él sonrío, sus ojos se hicieron pequeñitos.

—¿Qué? —me respondió desconcertado.

—Lo siento, pero en serio, de sólo verte ya me caes mal —dije.

—Primero me tengo que presentar: hola, soy Max. Y te juro que si me conocieras no te caería nada mal.

—Entonces, tengo que conocerte. Mucho gusto, soy Ámbar —me acerqué a su rostro de tal manera que mis labios rozaron los suyos.

—Conozcámonos, entonces, Ámbar —dijo antes de besarme.

Max y yo nos quedamos el resto de la noche acurrucados en el sofá besándonos como si el mundo se fuese a acabar, sin preguntarnos nada, sin decirnos nada. Cuando ya casi amanecía e iban a cerrar el lugar, Miranda se acercó para preguntarme si me iba a ir con ella o me quedaría con Max. Decidí irme con ella. Le dije adiós a Max y le di un breve beso de despedida. Supe por Miranda que él era saxofonista y llevaba varios meses viviendo en la ciudad, trabajaba de mesero en el bar de una amiga de Miranda y a veces tocaba con un grupo de *afrobeat*.

Al día siguiente en el bar donde trabajaba Max había micrófono abierto. Fui con la intención de encontrarme con él. Al entrar al lugar lo vi, atendía una mesa, me miró, sonrío, y con una seña me dijo que lo esperara, tomé lugar en una mesa, otro mesero se acercó y pedí una cerveza. En el escenario un joven rapeaba. Al poco rato de haber llegado, Max se sentó junto a mí.

—Ey, ¿cómo estás? —preguntó.

—Agotada —manifesté y le di un sorbo a mi cerveza.

—Yo también, ando jodido.

Su jefa se asomó al salón y le llamó.

—Tengo que entregar unas cuentas. Ya acaba mi turno, ¿me esperas y nos vamos?

—Sí —asentí con la cabeza.

Estaba en la barra pagando mi cerveza cuando Max se acercó, se despidió de sus compañeros y salimos del lugar.

—¿Quieres tomar una cerveza en mi casa? —pregunté.

—Vamos —aceptó.

De camino pasamos a la tienda por las cervezas. Llegando a casa nos sentamos a platicar un rato en una pequeña sala que tenía en el jardín. Él tenía treinta y dos años, era de una ciudad del norte, tocaba el saxofón desde adolescente.

—Sinceramente estoy en un punto de mi vida en que no sé ni para dónde ir, no sé si me voy a quedar aquí mucho tiempo —confesó.

—Creo que todos estamos igual.

—Tal vez, al fin y al cabo, la vida es el camino.

Max se paró, fue a la cocina por un par de cervezas más mientras yo ponía a Frank Zappa en Spotify. Cuando regresó me dio una lata y se sentó junto a mí.

—Entonces, ¿lo de ayer fue sólo un beso de peda? —preguntó.

—Podría besarte sobria —respondí.

Max se acercó y nuestros labios se buscaron con la urgencia de encontrar calor para calmar el frío de la noche. Nos dirigimos al dormitorio sin dejar de besarnos y acariciarnos, hicimos el amor dos veces y después nos quedamos dormidos, abrazados. Se fue antes de que saliera el sol.

Las semanas siguientes iba a su trabajo para saludarlo, a veces me pedía que nos fuéramos a su casa o yo le sugería ir a la mía. A veces no me decía nada y lo veía marcharse, se despedía de mí con una seña, como lo hacía con sus otros amigos. De frecuentar el lugar, me hice amiga de Yesenia, la dueña del bar. Una de esas noches que Max no me pidió irnos juntos me sentí triste y decepcionada porque no entendía la relación que Max y yo teníamos, aunque la realidad era que no existía una relación. Ese día me bebí una botella de pox sola. Cuando Yesenia cerró el bar, sugirió ir a bailar al Independencia, un bar donde tocaban cumbia en vivo. Allá nos encontramos a Miranda, que andaba con otro grupo de amigos, entre ellos Leonardo, un guitarrista que tenía un grupo de *afrobeat*. En cuanto llegamos, Leonardo me abordó de inmediato, bailamos un par de canciones, después me invitó a quedarme a dormir en su casa y, sin pensarlo, acepté. Nos fuimos sin despedirnos de nadie.

Hicimos el amor una y otra vez. Dormimos sólo un par de horas. El sol entró por el ventanal mientras Leonardo me besaba cada rincón del cuerpo. Ya era mediodía cuando estaba vistiéndome para irme y Leonardo se despertó.

—¿Te vas?

—Sí, ya es tarde, tengo un mercado al rato e iré a vender libros.

—Ah —dijo con desinterés. No preguntó detalles de mi vida, ni mi apellido, ni a qué me dedicaba, ni cuántos años tenía—. Debo decirte que estoy en una relación abierta y me siento feliz con esa relación, la verdad es que no busco algo más.

—Está bien —respondí.

Terminé de vestirme, Leonardo me indicó cómo abrir para salir del departamento. Se giró sobre sí y se cubrió con la manta para continuar durmiendo. No le dije adiós, no me dijo adiós.

Max decidió volver a su ciudad natal y organizó una fiesta de despedida, en la cual me encontré a Leonardo y supe entonces que los dos se conocían, que tocaban en el mismo grupo. Después de la fiesta ya estaba yo en casa cuando recibí un mensaje de Leonardo por Instagram:

@LeoParras: Estoy cerca del parque de las rosas, me habías dicho que vives por aquí.
@Ámbar_pintora: Sí, vivo en la calle de atrás.
@LeoParras: ¿Puedo pasar a visitarte?
@Ámbar_pintora: Sí, aquí estoy. Toca el timbre.

Después de esa madrugada pasé semanas sin saber de Leonardo. Hasta otro día que igual me llamó a las dos de la madrugada para ver si estaba disponible; una vez más acepté verlo. Sin embargo, al pasar los meses, dejé de sentirme cómoda con nuestros encuentros esporádicos y un día simplemente le dije que ya no me buscara.

Para darme un respiro, me postulé a un diplomado de poesía lejos de la ciudad, siempre me gustó escribir y, aunque no me consideraba poeta, de algo estaba segura: sí conocía la poesía. En mi buró no faltó nunca Efraín Huerta, Mario Benedetti, Jaime Sabines, Joaquín Vásquez Aguilar, Carlos Pellicer, José Carlos Becerra. La poesía inspiraba mis pinturas y mi vida. Así, estuve fuera de la ciudad casi un año, esos meses los dediqué a mis estudios y seguí pintando mis cuadros, comencé a venderlos a través de redes sociales y al mismo tiempo continué con mi negocio de venta de libros de arte.

En mi escuela conocí a una chica que leía el tarot, era una compañera que constantemente se ofrecía a leerme las cartas, pero yo, escéptica, siempre me negaba. Todos los viernes nos reuníamos en su casa para desayunar y una de esas mañanas, por fin, accedí a la lectura, justo cuando estaba por guardar sus cartas, después de habérselas leído a mis otras amigas.

—Hanna, ¿y si hoy me lees el tarot?

—¿En serio? —respondió emocionada.

Asentí con la cabeza y una sonrisa en el rostro.

—¡Va! ¡Me encanta! —exclamó.

Tomé asiento frente a ella y comenzó el ritual para la lectura prendiendo incienso y velas. Mis otras amigas salieron a fumar al jardín. Hanna y yo nos quedamos solas en la sala. Hablamos del pasado, del aprendizaje, de la conexión femenina, de los proyectos profesionales y finalmente me sugirió hacerle una pregunta al tarot.

—¿Quieres preguntar algo?

—No sé —respondí. Miré hacia la ventana, el sol del mediodía caía sobre las macetas de orquídeas y con el reflejo del vidrio destellos de cerúleo parecían flotar en el aire. Volví la mirada a Hanna—. ¿Sobre el amor? —finalmente pregunté.

—Bien, sobre el amor… —dijo mientras barajeaba las cartas.

Hanna dividió las cartas en dos montones, tomó uno para barajear de nuevo y extendió el abanico de cartas sobre el mantel, luego me pidió elegir tres.

—En el pasado has buscado el amor de una manera insistente, pero en el fondo deseando no encontrarlo. Ahora estás en un nuevo camino, Ámbar, y veo en tu destino amor, buena fortuna, alegrías; sueltas tus miedos y te reencuentras contigo. Entiendes el amor de otra forma, no sólo lo percibes, lo ves, lo vives, porque el amor está en el viento, en los pájaros, en esas orquídeas —señaló la ventana—, en los abrazos de tus amigas sinceras —me tomó de las manos y continúo—, en tu soledad. El amor está en el silencio. Ahora reconoces lo que es amor y lo que no es amor. Y tú eliges dónde quedarte.

Al final de la sesión, Hanna y yo nos abrazamos por un largo rato y después nos unimos a las amigas que estaban en el jardín. Abrimos una botella de vino y conversamos hasta que el cielo azul se tiñó de bermellón.

Índice

Los pájaros que habitan mi corazón y otros cuentos de Sue Zurita
se terminó de imprimir en abril de 2024
en los talleres de
Impresora Tauro, S.A. de C.V.
Av. Año de Juárez 343, col. Granjas San Antonio,
Ciudad de México